陽光只在那裡燦爛

そこのみにて光輝く

佐藤泰志
Sato Yasushi

王華懋 譯

目次

第一部

陽光只在那裡燦爛

潮香撲鼻。身後的浪濤聲聽起來卻有些扭曲。是鼓膜失靈了。烈日當頭罩下，更助長了聽覺的異常。男子的聲音也顯得沙啞。這個男的很聒噪。

「把小鋼珠啊，」男子說：「塞進兩邊的耳洞就行了。」

男子說著，真的從雙耳靈巧地各掏出一顆小鋼珠，咧嘴露出黃板牙，把珠子放在掌心轉著。金屬摩擦聲在厚實的掌心窪底作響。男子把小鋼珠扔向海岸道路，龜裂的路面只有那裡泛黑。

盛夏時節，豔陽照遍各個角落。達夫想，這情景完全符合我的心情。兩人肩並肩橫越海岸道路。

他們走進草地，青草與半枯的野玫瑰灌木結起了蜘蛛網。網上布滿了昨晚的雨珠，搖曳生輝。打赤腳趿著拖鞋的腳步聲震動潮溼的草葉，窸窣聲扎刺著皮膚。

「種這什麼野玫瑰，一下就會被潮水泡爛啦。真不曉得市公所那些公務員在想些什麼。」

男子一腳踹上灌木。蜘蛛網搖來晃去，水滴震落。

「你叫什麼名字？」

達夫脫口問了個多餘的問題。他盯著男子的短髮，以及毛孔滲出汗珠的粗脖子。他猜得出男子的職業，大概是木工、泥水、粗工那類的。現在正值夏季，即使不景氣，應該也不愁沒工作。如果是木工，手藝可能不怎麼樣，頂多就是個模板工。他看得出與這種人深交有危險。**不過我自個兒又強到哪去？**達夫苦笑。

「我叫大城，大城拓兒。你呢？」

男子頭也不回地反問。大城這姓氏在這塊土地很少見。達夫報上自己的名字。

「喔，『佐藤、齊藤，多如馬糞』[1]。」

「如果換個父母，就不用當馬糞了。」

「哈！」男子道，回頭以圓睜的雙眼瞪過來，就像要威懾他人。「你這種人也有父母？」男子掀動厚實的嘴唇說。「死了。還有個妹妹，但不住這裡。」達夫答。他沒有什麼好隱瞞的。浪濤聲已經頗遠了。拓兒眯眼看達夫，接著嘛起舌頭，靈巧地將一口唾沫啐得老遠。達夫以為拓兒要說什麼。他不需要陳腔濫調的安慰，只會徒然令人心煩。但拓兒只說了聲「這樣啊」，略略點了點頭。

海潮聲遠去，但潮風宛如雨後的隔日，一層膜似的貼在皮膚上。這座小鎮溼度很低，但海邊由於風向，不免較潮溼。拓兒的話沒有惡意，他是那種想到什麼就說什麼的人。

「要走到哪裡才有得吃？」

達夫轉移話題，後悔傻傻地跟著男人過來。他不需要朋友，卻輕易敞開心房，甚至還說出自己的名字。這段關係應該僅限於那家小鋼珠店就夠了。

「就快了。有點耐心吧。」

拓兒指向市政府蓋的六棟嶄新高樓住宅。達夫暗自一驚。這一帶原本鐵皮屋群聚，周圍沙丘林立。小時候他從來沒有靠近過這裡。大人都說這裡每一戶人家都會

---

1 此為調侃該地姓氏之多的順口溜，除了「佐藤」、「齊藤」以外，各地依姓氏有各種不同的版本，如「鈴木、加藤，多如馬糞」等等。

剝狗皮、偷東西，住的全是回收業者跟流浪漢，是全世界最糟糕的人過著最低賤生活的地方。而市政府為了美化觀光景色及蓋垃圾焚化爐，將它整個鏟除，興建了這幢住宅大樓作為替代。沙丘成了一片混凝土地，種上聊勝於無的野玫瑰，並且立起和這塊土地有淵源的早夭歌人雕像[2]。這也都是為了觀光。

不過，達夫立刻察覺他貿然解釋了拓兒的話。

「真他媽的噁心透頂，每次看到就有氣。誰叫他們蓋那種東西？他們以為這樣我們就會歡天喜地，乖乖聽他們的話嗎？」

「我可不是馬屁精。」拓兒連珠炮般罵道。達夫開口：

「我不是市公所的人。」

「市公所的人就是鎮上的人，鎮上的人就是市公所的人，都是同一副心眼，不是嗎？我們阿公阿爸那一輩，從日本敗戰以後就住在這裡了。颳起山背風[3]時，到處都是風沙。」

達夫注視拓兒圓領襯衣的背影。有如這個季節的陽光般洶湧翻騰的感情，呈現憤怒的形狀。襯衣染滿了汗漬。他覺得腳下踐踏的雜草聲變得更響了。

「焚化爐也是，以為蓋在這裡就不會有人抗議。是啦，絕大多數的人都搬進那棟大樓了，但我可不是奴才，我們家的人也不是。」

達夫拔起草葉纏繞在指頭上。他什麼也沒在想。對於拓兒圓領短袖衫底下的結實背影噴發出來如棘刺般的感情，他無從回答，也沒必要回答。反正拓兒根本聽不進去。

「這樣就有哪裡變了嗎？怎樣變了？」

什麼都沒變啊，只是有人希望改變而已。達夫本想這麼說，卻打消了念頭，反而問道：

「如果你說鎮上的人是敵人，那我也算吧？你幹麼找我吃飯？」

2　此指詩人石川啄木（一八八六—一九一二）的雕像。石川啄木曾在函館居住過短暫的時日，並深愛此地。

3　山背風：日本北海道及東北地方的太平洋沿岸，於春夏颳起的偏東風，溫度冷涼。

他大可一個人上館子解決。

「你不一樣。」

「我也是鎮上的人。」

「不一樣。你送我打火機。」

達夫丟掉纏在指頭上的草，笑出聲來。「有什麼好笑的？」拓兒以怒意未消的聲音問，但達夫只是默默笑個不停。這人也太單純了，這麼一想，戒心便升級了。緊接著達夫感到有些慚愧。達夫跟在拓兒身後，想到自己的年紀。再兩個月就三十了。他有太多法子可以避免和這傢伙進一步深交。或許該在心裡頭提防一下。不過今天這樣也不壞。話說回來，拓兒這傢伙就是教人討厭不起來。

兩人走出草地。柏油路上熱氣蒸騰。這條路彎向高樓住宅，連車都難得一見。平緩的上坡坡頂聳立著焚化爐和煙囪。陽光照耀下，煙囪升起的煙霧顯得稀薄。高樓住宅前有利用焚化爐供應熱能的公共澡堂。馬路一下子變得沙塵瀰漫。

拓兒家在拐進澡堂的巷弄裡，是一間鐵皮屋，牆板處處剝落，有些地方釘上藍色浪板修補。低矮的鐵皮屋頂也鏽蝕了，一、兩片鐵皮捲掀起來，看上去就像快被太陽壓垮似的。

屋旁堆著歷經潮水拍打的無輪手拉車、裝魚貨的木箱和乾燥的漂流木。還豎起兩根木頭，拉了條繩索，晾著鮮豔的紅色女用內衣，以及四、五條像是海邊撿來的昆布。

屋簷下並排著幾十盆高山植物的小盆栽。達夫看不出種類。也許是拓兒父母的一點小嗜好。每一盆都照顧得很好，但看上去大同小異。

「我回來了！」

拓兒拉開玻璃門，踏進潮溼陰暗的脫鞋處。無人回應。

「別客氣，進來吧。」

達夫依言在拓兒旁邊脫了拖鞋。榻榻米也受潮了，踩上去黏黏的。達夫想，換作是我，絕對二話不說，立刻搬進那棟高樓住宅。拓兒朝著屋裡喊：「姊，妳在嗎？」看到外頭晾的女用內衣，達夫原以為拓兒已經結婚了。

「小聲點，拓兒，老頭都要被你吵醒了。」

紙門的破洞貼著流行歌手海報和照片，另一頭傳來老婦人沙啞的聲音。拓兒嘖了一聲。

「爸醒了，頭痛的也只有妳。」

拓兒喃喃說道，彷彿全然不在乎被達夫聽見。老婦躡手躡腳地拉開紙門走出來。她穿著洗得褪色的泛藍絣織家居服。達夫想起氣喘惡化而肺部受損、最後嚥氣時的母親。當時妹妹和現在的妹夫還住在這裡。他和母親兩個人一起住了多久？三、四年左右。

達夫為突然的來訪致歉。老婦狐疑地看他，他稱讚屋簷下的高山植物，說那些植物應該很稀罕，沒想到老婦說「那種無聊的東西」，轉向靠在牆板上賊笑的拓兒罵：「都多大的人了，還這麼幼稚。」

「你在監獄的朋友嗎？」老婦問。

「媽，別這樣，人家是守法的好公民。」

達夫早就猜到拓兒八成有前科。母親搖搖頭，就像說「又在撒謊」。她以老人特有的混濁眼珠再次細細打量達夫。

「喂，咱們去外頭吃吧。」

達夫扯扯坐在榻榻米上伸直了腿的拓兒褲管說。

「你等一下。有沒有什麼可以吃的？」

拓兒像個任性的孩子似的吼道。他到底幾歲了？應該有三十一、二了吧。陽光照不進屋裡，室內一片陰暗，拓兒看起來比在小鋼珠店或路上更顯得蒼老。

老母親走出來的房間傳出呻吟，聽起來像得了心絲蟲症的狗。達夫忍不住差點嘆氣。老婦在乾燥的唇上豎起一根指頭，朝拓兒皺眉頭。達夫豎耳聆聽那時長時短、斷續作響的呻吟。

「老太婆也真辛苦吶。」拓兒挖苦說：「還得照料老頭的下半身，別看老爸那樣，他可是一尾活龍……」

「拓兒，你夠了沒？在客人面前收斂點。」

左邊紙門冷不防蹦出女人的聲音。聲音不年輕，但很響亮。

「姊，妳還在睡喔？我餓了。我帶了朋友來，替我做兩人份的飯菜吧。」

紙門打開，穿著黑色連身襯裙的女人憋著哈欠走了出來。達夫坐正行禮。女人說了聲「你好」。

「你真的是拓兒的朋友？」

「我騙妳幹麼？」

「沒人問你。」

「對。」

達夫注視著女人輪廓分明的眼睛回答。女人的薄唇似乎泛起了笑意。達夫真的想走了。他不在乎拓兒是不是坐過牢。他活到這把年紀，也不是沒見過前科犯。老婦出來的房間又傳出呻吟。女人拉好襯裙的肩帶，動作中沒有勾引的意圖。

「請慢坐。」

她柔聲說，彷彿看透了達夫的心思。達夫默默注視著女人。「快點弄飯啦。」

拓兒催著。

「你也靠小鋼珠吃飯？」

「什麼叫你也？我也有正職好嗎？」

拓兒搶在達夫之前說。

「什麼正職，廢物一個。」

呻吟更響了。「老頭煩死了。」拓兒瞥向那房間。

「你也一樣煩。都二十八了還這副德性。」

姊姊不怎麼生氣地說。

「炒飯的話，我可以弄。」

「炒飯好，很好。」

達夫看向這麼說的拓兒，不敢相信他比自己小一歲。那四四方方的下巴和短髮，看起來起碼比自己大了三歲。拓兒的姊姊轉身便往廚房走。黑色連身襯裙底下，豐滿的腰肢靈活地擺動著。熱油在平底鍋裡爆響的聲音傳了過來。拓兒用手肘推推達夫的側腹。廚房傳來姊姊連聲埋怨好熱的聲音。

「很讚吧？」拓兒說。

「嗯，你姊對你很不錯。」

「哎唷，誰在講那個？她是離婚回來家裡的。」

拓兒的姊姊「熱死了」的牢騷混在拌炒平底鍋的聲音傳來。「現在是夏天，當然熱啦！」拓兒大聲回話。

「少在那裡說蠢話！一天到晚就只知道泡小鋼珠店！」

姊姊吼回來。母親懇求說：「你們小聲點好嗎？」拓兒躺到榻榻米上翻開報紙。達夫問他姊姊叫什麼。「千夏。」拓兒頭也不抬地說。「很棒的名字。」達夫說。「直接去跟我姊講啦。」拓兒眼睛盯著報紙說。

達夫無所事事。呻吟又像浪潮般高起，舌頭不輪轉的聲音喊著：「阿闢、阿闢。」

「別理他，整天沒完沒了。」

拓兒叫住就要起身的母親。

「老爸也就算了，媽都這把年紀了，身體居然受得住。」

「你這個遭天譴的，對自己的母親說那什麼話？」

母親恨恨地瞇起眼睛。達夫疑惑這是在說什麼？

「難道我說的不對嗎？」

「閉嘴啦，你這個長舌公！」

姊姊千夏的聲音和翻動平底鍋的聲響傳來。窗戶開著，但屋裡確實悶熱。外頭好多了。達夫的汗水滲了出來。母親見狀，好心遞了把破團扇說：「拿去用吧。」達夫道謝接過。扇面畫著煙火圖案。

「我呢？」

「你才不配用什麼扇子。」

達夫望向窗外的女用內衣和昆布。只看得見一小塊天空。他用團扇把風搧進夏威夷衫領口。

千夏端著盤子和平底鍋過來，分盛炒飯。達夫一進這個家，食欲就減退了大半。隔壁房間的呻吟轉弱了。母親的臉上露骨地浮現解脫的神色。拓兒立刻扒起炒飯，達夫也說了聲「我開動了」，便吃了起來。千夏靠牆坐下，另外拿了把團扇搧著脖子和胸口。

「你們在小鋼珠店認識的？」

千夏慵懶地問。達夫點點頭。

「他人很好，還送我打火機。」拓兒說。

「打火機？」

「嗯，他默默塞給我。」

達夫沒插嘴。千夏直瞅著他看，他只能裝作沒發現。他後悔不該那樣做，但為時已晚。

那是昨晚的事。八點過後，海岸旁的小鋼珠店生意便清淡下來。有個對著機台打了很久的男子叼著菸，搭話道：「借個火吧？」達夫默默扔了打火機過去，男子說了聲「多謝」。達夫覺得如果男子一直借火會很煩，便從自己的鋼珠盤裡抓了一把小鋼珠去兌獎處，換了一只拋棄式打火機，回到男子身後，隨手擱在不鏽鋼珠台上。男子一臉奇異地仰望達夫。那就是拓兒。

姊姊千夏伸直了腿，頻頻拿團扇搧著胸口的汗水，驅趕熱意。

「熱成這樣，虧你們還吃得下。」千夏讚嘆地說。

「光打小鋼珠也會餓嗎？」母親插嘴，她竹竿般的手臂皮膚乾裂。「爸還不是，躺了那麼多年，」拓兒扒著炒飯，下巴朝向呻吟聲轉弱的紙門說：「照樣會吃飯，那話兒還很猖狂。」

「拓兒！」

千夏厲聲罵道，瞪向拓兒。達夫強忍嘆息。他看向千夏，感覺到她身上的女人氣息。這女人應該毫無自覺，她充滿怒意的眼睛，會更加凸顯姣好的五官。這麼一想，達夫心中的欲望幾乎就要成形。到此為止。達夫警告自己，努力裝出自然的語氣，向母親和千夏道謝：「不好意思打擾了，炒飯很好吃。」

「哪裡，我兒子這麼糟糕，這屋子，喏，又這麼破爛，還請你多多關照他。」

母親低下白髮蒼蒼的頭行禮。

「我來弄個冰咖啡吧。」

千夏挽留達夫般說道。達夫看向千夏的眼睛，裡頭已沒有怒意。千夏有些慌張地牽起唇角笑道：「我連你叫什麼都不知道。」拓兒打趣地看著兩人，插話說：「我要麥茶。」達夫報上名字，拓兒又打趣地捉弄說：「是馬糞。」千夏起身問達夫喝麥茶好嗎？達夫點點頭。千夏就要走去冰箱前，對拓兒說了句：「馬糞是你吧？」冰箱是舊型的，電視也是旋鈕式的老電視。

千夏拿了杯子和裝了麥茶的飲料瓶過來，一屁股在榻榻米坐下。達夫說：「這年頭圓角的冰箱很少見了。」千夏替他倒麥茶。「是附近的回收業者送我們的。」她以斟啤酒般的動作說。

「我爸病倒前也是幹那行的，有很多朋友。」拓兒說。

「他也搬進對面的大樓了呢。」千夏說。

為什麼不搬進只隔了一條馬路的高樓住宅？你們應該有資格優先入住吧？達夫想要問千夏，但終歸作罷了，畢竟不關他的事。這家人的事最好少管。那臥床不起的父親也是。麥茶有苦味，但很冰涼。

達夫尋思告辭的藉口。他覺得他從踏進玄關，不，從走在野玫瑰叢生的草地時，就一直在想藉口。這麼說來，玄關也擺了許多高山植物盆栽。如果不是母親的嗜好，會是誰的？父親身體還健康時的興趣嗎？也許如此。

「達夫，你幾歲？」

千夏喝著麥茶問。得知是二十九歲後，她說看起來比拓兒年輕多了。

「結婚了嗎？」

達夫搖頭。「你長得這麼帥，怎麼還沒娶老婆呢？」千夏的語氣聽不出是客套還是真心。

「我兒子跟你差遠了。」母親說。

拓兒咂了一下舌頭。

「姊，妳少勾引人家喔。他可是我朋友。」

「白痴，你這人真是爛透了。」

千夏把手上的團扇擲向拓兒的臉，拓兒一閃，巧妙避開，咧嘴露出沒刷的黃板牙。

「這是咱們家的遺傳吧？妳看爸，都變成那樣了，還……是吧？」

拓兒瞥向父親所在的房間紙門，眼底泛出令人意外的憎恨情感。

「拓兒，別忘了你一樣流著爸的血。」

「我怎麼會忘？就算我死了、就算被人殺了，我也不會忘。」

「這麼誇張。」

父親可能醒了，又發出病狗般的嗚咽聲，喊著母親：「阿關、阿關！」

「那個老色胚。媽，去幫他發洩一下吧。」

千夏的身體倏地探過來，賞了拓兒一記耳光。

「別這樣，拓兒的朋友還在呢。」母親勸阻道。

「孬種！」千夏罵道。達夫站起來，對拓兒說：「我要回去了。」拓兒失去了鬥志。「今天我不會去小鋼珠店了。」達夫補了一句。

母親打開紙門進去隔壁房間。達夫看見陰暗的房裡鋪了一床被褥。拓兒整個人癱倒在榻榻米上，說：「那我也不去了。」「我走了。」達夫俯視拓兒說，拓兒逃避似的撇開臉。千夏沒說話。拓兒的眼睛溼了。達夫不想看到別人哭。「就算是那副德性，他們畢竟是夫妻啊。」拓兒的聲音裡帶著少年般的嗓音，「我們畢竟是一家人。」

「別說了，夠了。」

千夏安靜地說。達夫謝過千夏的炒飯，走向玄關。

趿上拖鞋來到戶外。眼前聳立著高樓住宅。屋子裡悶熱多了。達夫看著緊鄰海峽的小山，做了個深呼吸，從夏威夷衫掏出香菸點火，這才發現自己的眉心一直緊揪著。

他想起拓兒父親的房間，猜想那母親應該快七十了。他要自己別去想那房間現下正在上演什麼樣的情景。

達夫如此決定，望向剛才和拓兒走來的路。鼓膜的失靈已經完全復原了，取而代之的是，四下的景色因光膜而泛白。拓兒一家有如潛伏在野玫瑰灌木的蜘蛛，在我的心中結起了網。達夫覺得拓兒是個全然不知世事的天真小子。一股近似眩暈的混亂，讓腦袋裡頭灼熱起來。達夫粗暴地踏進草地，一隻小指頭大的蚱蜢跳了開來。

達夫想要看海。天氣晴朗，漁夫應該都收工了。達夫決定先回公寓拿泳褲。他不認為大海能從根本安撫、癒療他，對美麗的景色也毫無期待。會腐爛的東西就是會腐爛。他只是純粹想要游泳。

腳步聲追了上來。達夫以為是拓兒，回頭一看，竟是千夏，他感到一陣耀眼。她應該是匆忙追上來的，一面扣上花朵圖案的上衣釦子，一面走進草地裡。達夫心想自己才剛踏出拓兒家一步，就像要拋下那裡般目不斜視地一路走來。

他停步等千夏，於是千夏肩膀起伏喘著氣，也放慢了腳步。她害臊地低下頭，邊扣鈕釦邊抬眼看達夫，努力要笑。上衣底下透出黑色襯衣，浮現出身體曲線，感覺比在屋裡看到時更年輕。女用夾腳黑木屐很適合她。鞋帶是紅色的，令她的赤腳顯得脆弱不堪。來到達夫面前時，她仍在喘氣，但已不再努力擠出笑容。纖細頸脖上的汗水像一層膜般閃閃發亮。

達夫默默往前走去。剛才的欲望已快要消失，發現這一點後，他一下子輕鬆了起來。他想起拓兒，便丟下香菸，用拖鞋底踩熄。

「你一向話這麼少嗎？」

「因為我一個人住。」

小鋼珠店和後方的防波堤出現於視野。

「我家嚇到你了嗎？」

「我想去游泳。」

達夫回以無關的話。

「任誰都會嚇到呢。」

達夫就像拓兒先前做的那樣，踹了野玫瑰灌木一腳。腳尖踢到刺了。有塊牌子寫著「野玫瑰　濱梨」，說明這是生長在沙地上的灌木。一起去拓兒家時，拓兒說它會被潮水泡爛，還罵市公所的人亂種一通，但應該只是想罵人而胡說罷了。

千夏落後了一些跟上來。達夫想去游泳，什麼都不願意思考。千夏在後面大刺刺地說著：「都已經痴呆躺了三年，卻只有下半身沒跟著衰弱，別說衰弱了，還愈來愈強盛，滿腦子只想著要性交。」

達夫回頭，注視千夏宛如受驚小兔子的眼睛。

「那不是很有活力嗎？就算癱瘓在床上。」

達夫也毫不避諱地說。千夏的表情略微放鬆了。千夏應該比自己大上一、兩歲。

「醫生說，那也算是一種病。」

「不能叫醫生想辦法嗎？這樣妳媽也太辛苦了吧？」

達夫想要看清和自己一樣，青春已近尾聲的千夏背後有著什麼。千夏搖搖頭：

「是有那種控制性欲的藥。」

「讓他吃不就行了？」

「不行啊。」

「為什麼？」

「醫生說那種藥的副作用，會讓腦子壞得更快。」

達夫沉默了。那樣一來，形同是雙重夾擊。千夏就像忘了自己的年紀，學小女孩用木屐撥弄青草。

「那木屐很適合妳。」

「真的？拓兒買給我的。」

達夫想起千夏剛才滿不在乎地僅著一件連身襯裙出現在自己面前。當時他覺得荒蕪得如同那間鐵皮屋的四顆心彼此傾軋著，但現在想法有些改變了。他問千夏為什麼追上來。

「也沒為什麼。」
「……」
「別那樣看我。我只是不想要別人厭惡我的家人。」
「我幹麼要厭惡？」
「也是。而且拓兒也把你當朋友。雖然你可能不願意。」
達夫往海岸道路走去，千夏怯怯地跟上來。
「都是我媽在滿足我爸。她一直埋怨身體會撐不住。」
千夏事不關己地又重提病倒的父親和家人。
「拓兒說乾脆殺掉我爸算了。還說只要他想，容易得很。」
「他只是嘴上說說而已。」
「是啊，你真了解他。你要去游泳？」
「嗯，想要涼快一下。」
「我也可以去嗎？」

「海又不是我的。」

「拓兒從以前就是個好心的孩子。」

千夏冷不防又說起家裡的事。達夫想，無所謂，他已經是我朋友了，我當他是朋友了。

「但是大家都不懂，以為他只是個粗暴的傢伙。連拓兒自己都不懂。」

千夏的眼神像在懇求，眼角擠出符合年紀的皺紋。「妳的炒飯很好吃。」達夫說：「就到這裡吧。」他丟下千夏。

「我要去海邊。」

達夫踏上海岸道路的路肩，沒有回頭，就這樣橫越熱氣蒸騰的道路。

*

走出公寓，眼前就是摩鐵。那是附近製網公司的少東在今年春天展開的副業。

他比達夫大幾歲，從東京的大學畢業後，繼承了父親的事業。偶爾會在小鋼珠店遇到，但不曾聊過。他看過那少東偶爾會跟拓兒說話，或附耳說些什麼。

每到夜晚，霓虹燈便綻放五顏六色，生意興隆。爛醉女客的傻笑聲屢屢打破深夜的寂靜，與海潮聲一同充斥四下。

話說回來，悶死人了。不管是拓兒、千夏，還是兩人的父母，光想就教人益發悶熱。千夏在追上來之前，本來想要對初識的我說什麼？達夫想起她斷續而遲疑的語氣。看起來不像在向他人求助或尋求建議。況且那也不是說了就能夠如何的問題。這一點她應該最清楚。就連拓兒也沒有直接說什麼，而是默默承受。

全都是一只打火機引起的。別想了，去游泳清爽一下才是正事。達夫套上泳褲。

公寓鄰接防波堤，打開窗戶就可以看見防波堤、大海和天空。颳起山背風的日子，沙塵和水花會直接拍打在建築物上，但今天風平浪靜，很適合戲水，而且這裡是禁止游泳區。鎮上的人都是去岩地的海水浴場游泳。想要一個人放空暢游，這裡是最佳地點。游到全身虛脫為止吧！

達夫套上泳褲，穿上海灘拖鞋，脖子掛了條毛巾，沿著防波堤走去。途中有個河口，瀰漫著混濁的惡臭。只有這裡的海浪彷彿扭曲變形，格外洶湧。要游泳就得去遠離河口的地方，水也清澈多了。

達夫走下防波堤通往沙灘的階梯。放眼望去，全無人影。馬達小舟被拖到岸上，彷彿遭到棄置。現在正值退潮。入海走不到五公尺，海底便陡然下陷，水深驟增。鎮上的人都知道這裡很危險，但達夫對自己的泳技很有自信。

海沙晒得滾燙。鐵沙含量多的部分呈黑色，最為灼熱。沙子一下子就跑進海灘拖鞋和腳底。達夫挑了塊沙地變成黃色的地方鋪上浴巾。

他猜想千夏是不是來了，但海裡不見先來的泳客。這樣比較好。達夫也不暖身，直接走進海裡。波浪湧上腳踝，很快地，小石子和貝殼變得比沙還要多。再往前地面就凹陷了。浪頭退去時，碎石打在阿基里斯腱上，頗為刺痛。他看見小石頭和沙子如雪崩般滾落。

達夫助跑了一、兩步，一頭栽進雪崩般下陷的靛藍色深淵。皮膚收縮起來。他就這樣潛泳了一段，當頭臉再次浮出太陽底下時，腳已經搆不到地了。他緩慢地立泳，接著在水面仰浮，只靠雙腳划離海岸。太陽就在正上方。

今年春天，達夫從鎮上最大的造船公司離職了。他毫不留戀。公司經營惡化，減薪措施引發工會展開長期罷工。站在公司立場，非裁員不可，但感覺還是難以東山再起，遲早會引入其他公司的資本，進行人事改革。達夫也是義務加入的工會成員之一，對於罷工，既不贊成也不反對。年輕的激進派工會成員裡，甚至有人煽動說站在全工人階級的角度和革命運動的觀點，一家公司的倒閉，甚至可說是一場工人的勝利。他們執拗地邀請不合作的達夫參加分會會議，每一次達夫都搖頭拒絕。他們逼問：「你反對我們的鬥爭嗎？」達夫說：「也是有你們那種想法的吧。」他們說：「這樣你應該加入我們」，積極拉攏不屬於守舊黨派的達夫。達夫說：「但我無法贊同你們的主張，我認為你們是錯的。」「既然如此，你就跟那些只知道選舉的黨派是一樣的。」他們帶著失望與憤怒責怪達夫。「說穿了，他就是個利己主義者啦！」從比這裡更寒冷的北方商業大學畢業的分會委員長輕蔑地說。達夫看向那個身在繼承共產主義者同盟思想的小黨派中，卻參加社會黨青年部的委員長，湧出一股揍人的衝動。公司提出離職金加碼五成的條件，徵求自願離職者時，達夫毫不猶豫。與他要好的同事向他耳語：「等到三十再說吧，離職金差太多了。」

結果達夫不接受同事的忠告，選擇離開公司。不到十天，罷工結束，員工被裁了一半，承包商失去了工作。他們最終沒能打倒公司。

達夫在海面翻轉身體，划向外海。林立在廣大園區土牆上的無數紅旗、國際歌的歌聲、熱情而精力十足的分會活動家。除了必要的開銷以外，離職金他完全沒動，盡可能省下來。現在的生活，可以維持一年，不，更久一些吧。他當地高中一畢業就進了公司，所以剛好工作滿十一年。這段期間父親過世，母親也歷經病痛後歸西。唯一的妹妹進了保險公司，和同事結婚，調到外地，現在住在海峽另一頭以渡輪相連的土地。總有一天，她應該會和丈夫及三歲的兒子搬去東京生活。

身體與海水融為一體。

離職的時候，妹夫相當為達夫的工作操心，但達夫只是笑笑，不當一回事。同一時期離職的人裡面，有些人已經進了計程車公司，或郊區的混凝土及肥料公司。

聽說公司正在策畫第二次的人事整頓。工會已經沒有力量再次強行實施那樣的長期罷工了。「站在全工人階級的歷史觀，斷絕一名資本家的生命，就是一次前進，而非意味著我們的失敗。」就連如此魅力十足的煽動，也不再具有說服力了吧。起碼比不上這盛夏時節的說服力。

達夫不斷朝外海游去。一想到身體下的海底如斷崖般無止境地陷落下去，就一陣毛骨悚然。達夫心想是否該潛入海中看看，直到呼吸的極限，但隨即改變了主意，轉換方向，游向海岸。時間多得是。明天、後天，整個夏季，什麼時候想，隨時都可以來游。愈是靠近海岸，海水就變得愈暖。漂流的昆布和海藻不時纏繞到身上來。

這麼說來，拓兒家的窗外也晒著昆布。不可能是拓兒或千夏一大清早去海邊撿的，應該是他們的母親。還有那許多的高山植物，母親說不是她的嗜好，還露出近乎瞧不起的嗤笑。千夏怎麼想？她和拓兒一樣，抗拒搬進那六棟高樓住宅嗎？那一帶還留下的鐵皮屋，真的只剩拓兒一家了。達夫一直以為那些彷彿扁塌變形般的鐵皮屋早就全數拆光了。

他爬上岸來，有些喘氣，皮膚變得比想像中的更為冰冷。他可以憑溫度推測自己剛才游出海岸多遠。好想躺倒在灼熱的沙上。早知道就該買個啤酒。他走過沙地，來到鋪浴巾的地方。身體和頭髮不斷滴水。達夫整個人伸長身體趴倒在浴巾上。不只今天或明天，他應該會遠離小鋼珠店一陣子。拓兒應該會去。但達夫決定要把握這短暫的夏季，盡可能鎮日游泳。

這樣才好。在這個鎮上，夏季總是快步通過人們的生活，也沒有秋老虎。任陽光灼烤著背部，全身便感覺充實滿足。他隔著浴巾感受著灼熱的沙，甚至是大地的呼吸，閉上了眼睛。

父母長年行商，每晚搭乘渡輪越過海峽，背負著沉重的貨物，換得生活的米糧。他們的墓不在這塊土地。這是妹妹的牽掛之一。四天前，她才為這事寫信來。

達夫覺得打電話就夠了，但也許妹妹認為用電話講詞不達意。更重要的是，也許她想避免多餘的電話開銷。這個理由更像妹妹。她想把父母的墓遷到緊鄰海峽的山地，那裡的半山腰公墓可以俯瞰整個小鎮。信上的語氣透露對達夫漠不關心的責怪。

妹妹位在搭乘渡輪要四小時半、海峽另一頭的丈夫外派地點，對哥哥的態度焦急難耐。那外派地點就是父母以前行商的地方。每到夜晚，父母便搭著渡輪到那裡的城鎮進貨，早晨回到這裡，在露天市場銷售，長達二十三、四年之久。現在妹妹住在另一頭的城鎮，而達夫住在這個城鎮，相隔兩地。如此一想，總覺得諷刺。達夫很滿意一個人待在這塊土生土長的地方。他認為沒有人能影響他的生活。

背上的水滴一下就乾了。陽光鑽進毛孔裡，充塞體內。再兩個月。再兩個月後，他就要跨入三十大關了。除了父母的墓地以外，妹妹還不時提起他的婚事。上一封信也是如此。信上說：「哥不肯認真思考爸媽墓地的事，是因為你沒有結婚。」他看看就算了。其實他很想酸回去說：「我可不能為了墳墓而結婚」，但最終還是選擇置之不理。

他抬頭用手鏟起一把沙。灼熱的沙子從指間滑落。頭髮已全乾了，他翻過來仰躺，面對太陽。直射的陽光刺痛眼睛。他伸直雙手，打起盹來。

大概過了五分鐘吧，當他從假寐中醒來時，千夏就站在面前。由於逆光，臉看上去是一片陰影。「我找你好久。」她俯視著說。怎麼可能？這處海灘根本沒有別人。

「你不游嗎？」

達夫躺著點點頭。千夏褪去素面上衣，露出底下的黑色連身泳衣。「妳喜歡黑色？」他指著背部挖空的泳衣問。比起穿連身襯裙的時候，腰線和肩線顯得更圓潤，乳房也更豐滿。「沒有啊。」千夏答。達夫想起拓兒說過他姊姊離婚的事。他想問，但又覺得如果問了，千夏會像剛才追上來說她父母的事那樣，滔滔不絕地說起她的婚姻如何破局，所以改問年紀。坐在達夫旁邊抽菸的千夏把視線從海面移回他身上，起初露出「問這什麼問題？」的表情，然後輕拍達夫的手臂笑道：「還有半年才三十啦。」不是裝熟的親暱動作，反倒十分自然，但想起最初在那處遭棄置的鐵皮屋穿著連身襯裙就直接走出來的她，總覺得格格不入。現在的她，絲毫沒有在那個家表現出來的惹人不耐的感情。達夫說：「看不出跟我同年。」

千夏把菸按進沙中捻熄，接著說：「已經不年輕了。也不是因為快三十的關係，我的青春老早就結束了。」達夫覺得她是在說離婚的事。我呢？達夫躺著尋思。父親在露天市場昏倒後，就躺在錯綜複雜的巷弄裡，沉眠似的死去，簡直形同路倒。接著母親死了。只剩下我一個人的時候，會怎麼死去？達夫想。

達夫問拓兒後來怎麼了。

「不知道晃去哪了。」

千夏起身，不看達夫，望著山與海。

「我去游一下。」

那聲音深處沉澱著一種無奈。她徑直走向大海。

「拓兒的正職是什麼？」

千夏走進海裡了。

「把高山植物拿去市場還是夜市販賣！」她頭也不回地喊道：「開朋友的卡車去山上，拿鏟子看到什麼挖什麼。很不像他吧？真是沒用。」

達夫低聲笑了。千夏聽不見。達夫覺得這笑是從他接觸的沙地湧上來的。真了不得的正職。一想到拓兒會照料高山植物，他就止不住要笑。

達夫用視線追著千夏。她走進水裡，沒有往下跳，而是一下陷入深淵，一瞬間便從視野中消失不見，感覺過了好久都沒有露出頭來。其實應該只有十秒或二十秒，但在豔陽高照的無人沙灘上，感覺長達兩、三分鐘。達夫也站了起來，走到水邊。她母親的眼周和嘴唇都滲透出疲勞。千夏的身體無意間消失後，她母親的臉便重疊上來。只因為她父親沒有徹底變成植物人，她母親就必須不斷解決他的性需求，這實在是太殘忍又太醜惡了。

千夏一直沒有冒出海面。該不會出事了吧？達夫開始擔心。他想要跳進水裡的時候，千夏的頭忽然在十五公尺遠的地方冒出來。達夫覺得受騙了。荒謬與氣憤像浪潮般湧入情緒裡。

千夏撩起頭髮大笑。「好舒服！」她大喊，笑聲近乎痴傻。達夫折回浴巾處，拍掉浴巾上的沙，搭到脖子上，穿上海灘拖鞋。灼熱的沙還是一樣跑進腳底。他走上通往馬路的階梯。爬完階梯後回頭一看，只見千夏正急忙游向沙灘。那是精湛的、不懼這片大海的泳姿。達夫只瞥了一眼，隨即朝自己的公寓走去。千夏在海中立泳，朝他揮手。但達夫睏極了。

*

達夫自兩天前去附近的超市買東西後，就再也不曾外出，更別說去小鋼珠店了。先前成天泡在店裡，某天起卻突然失去了興趣。他不是在躲避拓兒，只是如果要碰面，他希望是在別的地方。

妹妹又寄信來了，彷彿追殺一般。信裡要他去相親。對象是她的高中同學，那麼今年是二十六歲。信裡說她晚點會寄照片來。沒有提到遷墓的事。達夫以盡可能簡潔的文字回絕，說現在他一個人生活比較輕鬆。這樣寫還不夠，妹妹一定只會把它當成消極的回覆，逼迫他去。所以他又補了幾句，說如果他想結婚，會自己找對象，遷墓的事就交給她處理，他會拿出三分之一的離職金作為安葬費。或許這樣會激怒妹妹，不過反正他人在這裡也不知道，便決定直接寄信。

郵局在公車路線上，走過去要七、八分鐘。預報說今天高溫酷熱，可能會比東京還要熱上一、兩度。由於吹焚風，酷暑會持續兩、三天。達夫沒有重讀信件，直接封起來。墓地的費用，不管妹妹如何解讀，他都決定由他出錢。仔細想想，那筆錢是多餘的，不管花在哪裡都沒差。如果妹妹希望如此，就照她的意思做吧。他換上夏威夷衫和棉褲，準備去郵局。父親在隆冬時節，腦血管像果實般爆裂驟逝時，達夫已經在上班了。約一年之間，達夫用薪水供應妹妹的學費。想想拓兒的父親因腦梗塞變成那樣，而且健朗的部分只剩下生殖器官，便覺得父親的死即便不能算是大幸，也難說是不幸。

他趿上拖鞋正準備出門時，電話響了。他想要置之不理，但可能是千夏打來的。不過接起來一聽，不是千夏，而是他從公司離職時，咒罵他那是破壞罷工的犯罪行為的同事。同事遭到減薪，但還是堅持留在公司。事到如今，他來找自己能有什麼事？

前同事得知達夫後來沒有再找工作，以攙雜著羨慕、嫉妒與挖苦的複雜聲音說：「真是神仙生活呀。」又說：「我有家庭，沒辦法像你這麼自由，而且第三個孩子秋天就要出生了。」

「自由？」達夫反問：「這是我想要的生活，而你想要的是別種生活，只是這樣罷了。」如果他不是達夫的同期，在設計課共事了那麼久，他一定早就掛電話了。同事說連獎金都被砍了，所以達夫猜他是來要錢的，但這不好由他提起，便說他得出門了，有什麼事？

「我有事跟你商量。今晚方便去找你嗎？」

「可以用電話講就好嗎？」

前同事說他們正在籌備活動，是某位過去的老無政府主義者的回顧展。

「你知道他不久前過世了吧？」

達夫說知道，還差點接著說：「這跟這地方還有我有什麼關係？」同事說明他們要以反戰、公害及勞工運動為主題召開研討會。研討會有四名講師，其中兩名達夫也聽過名字。達夫想起罵他是利己主義者的商大出身青年部分會委員長。除了那傢伙以外，沒人能請得到講師。

達夫感到意外，居然找上他，可見工會已經式微到這種地步了。

「所以呢？我幫不上忙。就算幫得上，也不想幫。」

「我就知道你會這麼說。我不打算批判你的生活。」

「有話直說好嗎？」

「總之，我會寄說明書過去，你看一下吧。當地報社、電視台和市民運動團體也都支持我們。」

「我不在乎有誰支持。」

「如果你不能參加實行委員會……」

前同事支吾了一下，請他考慮連署或贊助。「如果這是你家人的生活所需，我就支持。」達夫明確地回答。他覺得這沒有意義，但說不出口。前同事直說了：「勞工每天都在生產現場奮鬥，你那種不事生產的生活，總有一天會遭到報應。」

「奮鬥？信不信由你，我也在奮鬥。」

「你是說別人一整個夏天都在汗流浹背工作時，你成天遊手好閒也叫奮鬥？」

「沒錯。」

「太荒謬了。你的視野太狹隘了。」

「你又寬闊到哪裡去？我跟你沒什麼好說的。說明書不用寄了。」

達夫單方面掛了電話。

他再次走出戶外。天氣預報說中了，這是今年夏天最燠熱的一天。他穿過公車道，去郵局投遞給妹妹的信。

隔天上午十點，達夫去了海邊。外頭已經悶熱難耐，預報說焚風還在持續。懸鈴木行道樹垂頭喪氣，底下的三葉草蒙上一層沙。河口附近的廣場旗幟林立，上面染著即將前來進行大相撲地方巡迴公演、關取[4]力士們的名號。台子還未搭起來。巡迴公演是八月十日，兩天前關取力士就會公開亮相，廣場一定會熱鬧滾滾。這個地方已經有十二、三年沒有相撲巡迴公演了。屆時台子倉促搭起，人們的歡呼與支持當地力士的聲援會充塞四下，熱鬧個一天後，再次恢復成原本蕭條冷清的廣場。

過了橋，就可以看見六棟高樓住宅和焚化爐的煙囪，還有海邊的小鋼珠店。

昨天同事的電話，還有老無政府主義者的追悼研討會早已被達夫拋諸腦後。在造船公司，那名同事應該正行經巨型起重機的電梯，在現場和自己的辦公桌之間忙碌來去。入夜以後，他會現身實行委員會所在的勞工會館，報告他活動的成果及失敗吧。同事應該也很清楚，找上達夫根本就是白費工夫。如果他以為可以靠著老交

4　關取：大相撲力士的階級總稱，指幕內、十兩階級的力士。

情要到他的捐款，那就太愚蠢了。

達夫在路上的自動販賣機買了飲料，走下沙灘。幾名被暑氣逼出來的小孩正在玩水。幾十隻海鷗聚在一處，達夫一走近，便同時飛起。海鷗在海面上飛舞了一陣，靜靜折返，再次成群降落在遠處沙灘上。孩子充滿彈性的身體發出的歡呼聲攙雜在波濤聲裡。大海反倒顯得十分單調。

達夫游了一陣，坐在沙灘上。飲料已變溫，他喝到一半就不喝了，把罐子插進沙子裡。

海水乾掉後，換成汗水冒了出來。達夫覺得自己像是受罰的罪人。這不是適合夏季的感情。胸口躁動難安，心像海浪般搖擺不定。他默默忍受著汗水與暑氣。一隻被褐色羽毛覆蓋的暗綠背鸕鶿飛越海面，一頭鑽進海中，在七、八公尺外的海面再次冒出來。牠再三重複這個動作，在達夫的視野中來回穿梭。達夫盯視著鸕鶿，千夏的身影無意間闖進心裡，趕也趕不走。他更覺得自己在受罰了。受罰？太可笑了。等到晚上，就去鬧區買個小姐吧。那種女人多得是。在她們專用的、宛如骯髒民宅的旅店發洩一下就沒事了。

達夫等待欲望平息。這種時候最好別徒然掙扎，然而他無法把心裡的千夏驅逐到別處，真覺得自己就像條發情的狗。

這時他想起妹妹提到的相親，還有拓兒的父親。四肢癱瘓、卻唯獨性欲沒有衰退的生命令他難以想像，但現在的自己跟那個老人沒什麼兩樣。

他又想起告辭時，拓兒笨拙地撇開臉的樣子。達夫站了起來，穿越海岸道路，走過野玫瑰灌木和草地。

來到拓兒家附近，仰望了一下高樓住宅。所有窗戶都被晾晒的衣物填滿了。他彎進澡堂所在的巷道。拓兒應該在小鋼珠店。玻璃門開著，屋簷下擺著一盆又一盆高山植物，一眼就可以看出受到悉心照料。一想到這是拓兒的正職，他依然感到奇妙。屋子本身彷佛散發出餿敗味來。穿著泳褲拜訪，讓他感到有些遲疑。這時拓兒叼著菸，頭上綁著捲起的毛巾，冷不防探出頭來。拓兒「嘿」了一聲，露齒微笑，目不轉睛地看達夫。「去海邊游泳？」他問。達夫點點頭。「你沒去打小鋼珠？」

他反問。拓兒搖搖頭。

「過得真爽。」

拓兒叼起菸，下巴朝達夫點了點說。

「聽說這些是你種的？」

達夫指著整理得井井有條的小盆栽。「對。」拓兒頓時喜悅全寫在臉上，蹲到盆栽前。達夫站到拓兒只穿著襯衣的結實背後，拓兒便得意地一一向他說明，歡快得像個孩子。有些植物的名字就像人名，達夫只知道越橘，死在醫院的母親曾經種過一陣子。每一樣都乏善可陳，看上去完全是野草。

「我會拿去早市和夜市販賣。」

「這賣得了錢嗎？」

「可以啊，所以我才會種。這些植物現在正流行，而且不用本錢。」

拓兒仰望達夫，表情毫不設防。

「聽說你都開卡車去載？」

「千夏跟你說的嗎？她就愛多嘴。」

拓兒放下一盆開著類似百合科花朵的藍色盆栽，動作有著不單是做生意的細膩。

「如果不喜歡，就不會幹這行了。」

拓兒站起來。達夫問他千夏呢？

「千夏還在睡。她晚上上班。」

拓兒走到屋後去了。達夫也跟了上去。

「上次，」拓兒想起來似的說：「千夏很生氣。你想上人家，對吧？」

「白痴！」

達夫對著拓兒的背影罵道。拓兒回頭：

「我知道，別在意。她不會為那種事說什麼。」

「你真的很白痴欸。」

「無所謂。」

屋後是澡堂的建築物，完全遮擋了陽光。地上堆著乾燥的漂流木，擺著鋸子。漂流木全都乾透了，拓兒毫不費力地把木頭搬到台子上，開始鋸木。漂流木輕輕鬆鬆就被鋸開了。

「大熱天的鋸什麼木頭？」

達夫在拓兒前方蹲下。鋸齊的漂流木堆在屋簷下，高達窗台。那是拓兒父親的房間。

「今年夏天很短。」拓兒不停手地說：「你看。」

達夫循著拓兒的視線望去。繡球花和桔梗同時盛開著。

「都夏天了，開什麼繡球花，看了就煩。雖然這裡跟本州不一樣，氣溫本來就比較低，不過今年秋天和冬天都會來得很快。」

確實，或許就像拓兒說的。

「競輪場那邊甚至連波斯菊都開了。今年的氣候整個錯亂了。」

「既然覺得煩，把繡球花剪掉啊。」

「說的也是。晚點再弄。」
拓兒繼續鋸著漂流木說。
「我每次從海邊扛著漂流木回來，這裡的人都笑我。我有那麼奇怪嗎？」
拓兒停手看達夫，眼底泛著嚴肅的光芒。「還有我們家的人。」拓兒緊接著又說。家人的話題就跟夏季的繡球花一樣，只會教人心煩。達夫望向剛鋸開的漂流木嶄新的木紋。
「不要逃避，這跟你也有關係。」
拓兒把菸在地面捺熄。
「你不奇怪。」
「少騙了。」
「我騙你做什麼？」
「你明明就是來找千夏的。」
拓兒手伸向達夫赤裸的肩，輕捶了兩下，站起來說：「我去叫她，不過你可別弄哭她喔。」達夫依舊蹲著。拓兒繞去玄關以後，他還是沒站起來。夏季的繡球花和桔梗同時盛開，確實古怪。也許今年冬天的雪量會很驚人。

拓兒一下就回來了。他說千夏立刻就來，繼續著手鋸漂流木。父親的房間沒半點動靜。達夫問千夏為什麼在生他的氣。

「你自己問她。」

拓兒把鋸短的漂流木丟上已經鋸好的木頭堆。

「千夏一聽到你來，馬上就跳了起來，簡直像個思春的小姑娘。」

達夫就像先前在海邊那樣，躁動不安起來。屋旁傳來木屐聲。達夫站了起來。千夏很快就現身了，沒有化妝。由於背陽，皮膚看起來很蒼白。

「你來做什麼？」她一看到達夫就說。

「哪有人這樣說話的？」拓兒打趣地說。

「拓兒，你少插嘴。你去游泳了？」

「來約妳去游泳。」

達夫坦白地說。千夏的衣服有著花俏的橫條紋，很像慢跑裝。

「上次你不是丟下我？明明就不想理我。」

達夫望向仍豐碩開滿了淡紫色渾圓花朵的夏季繡球花。拓兒賊笑著仰望屈居下風的達夫，鋸起新的漂流木。

「妳不想游嗎？」

「厚臉皮，明明就有老婆了。」

「我沒老婆。我不是說過了嗎？」

「有嗎？」

「哎唷，又不是夫妻還是男女朋友，這像什麼話嘛！千夏，妳留在家裡吧。我去游一下。」

拓兒站了起來。

「叫你少插嘴，這個米蟲！」

「不好意思喔，我就是米蟲啦。你們這麼吵，可以去別的地方講嗎？」

達夫抓住千夏的手，千夏一開始很抗拒，拓兒奚落說：「簡直就像夫妻吵架」，千夏用沒被抓住的另一手作勢要打拓兒。「你要一起來嗎？」達夫邀拓兒。

「多謝喔，免了。」拓兒搖搖頭。

「那個彆扭鬼。」被達夫拉到玄關前的豔陽下後，千夏說道。

「妳之前還說妳弟很溫柔。」

「……」

「要去嗎？」

「好。我準備一下。」

千夏進去鐵皮屋裡了。達夫杵在原地等了片刻。他非常明白自己正在深入這個家庭，然而一想起千夏在這個家裡為海邊戲水做準備，不知為何，就感到剛才的欲望就像拔起的草一樣委靡了。

他望向唯一一間沒被拆除的鐵皮屋、晒衣場，以及應該是拓兒父親還健朗時做回收留下的各種雜物任意堆放的空地，恍惚地環顧著這些彷彿千夏、拓兒與他們父母的意志一般承受著陽光的事物。晾在晒衣場繩索上的四、五條昆布比之前看到時更乾燥，看起來就像扭曲的樹皮。

達夫邊等千夏邊看著眼前一切，發現自己迷失了歸屬，他唐突地這麼感覺，再也不像昨天向他提起研討會的前同事那樣。他們還在那片廣大的土地裡，隨風飄揚四處林立的無數紅旗內側。如今的達夫站在馬路上，等待二十九歲離了婚的女人。任何人都看得出來，憑拓兒的正職，即使不用本錢，都不可能養得起一家四口。就算花上一整個夏季撿拾漂流木，好節省冬季的燃料費也一樣，那點助益可想而知。一家人的生活，應該是靠著千夏夜晚的工作來支撐。

而我選擇了他們。

沒多久，千夏用塑膠袋拎著泳衣，趿著木屐出來了。紅色衝浪褲裡伸出來的兩條腿就像剝掉樹皮的樹枝，白得近乎刺眼，令他著迷。去海邊的路上，應該會受到許多男人的矚目。

拓兒解開頭上的毛巾，從屋後過來，嘴巴上說著「鋸漂流木，讓我想起四年前在監獄的勞動」，眼睛卻交互看著兩人。

「你那什麼眼神？好下流。」

姊姊千夏說，弟弟拓兒不住地怪笑。

「你們兩個好登對。」

「胡說什麼？對達夫先生沒禮貌。」

「哈！少裝賢淑了。」

「要一起去嗎？」

達夫又邀了一次。

「不了，我可不想當電燈泡。千夏，妳身材好辣。」

「你做弟弟的講這什麼話？去鋸你的漂流木啦。」

「好啦。欸，達夫。」

「幹麼？」

「游完過來一下吧。這盆送你。不過也不是什麼稀罕東西，這叫峰蘇。」

拓兒捧起一盆扁平的藍色盆栽說。盆栽小到可以收在掌心。

「峰蘇？好怪的名字。」

「其實叫峰蘇芳[5]。很快就會開出粉紅色的花。我花了很大的工夫才讓它生根呢。」

植物有著肥厚青翠的葉子，就像變種仙人掌。千夏嗤之以鼻。

「他要這種東西做什麼？」

「不關妳的事啦。算是打火機的回禮。」

「還在說啊？」

達夫苦笑。拓兒的眼神變得嚴肅。

「我不會忘記。」

「好，我再來拿。」

---

5 峰蘇芳：學名Loiseleuria procumbens，一種高山杜鵑。

拓兒笑得像個少年。

「你們好好玩吧。」

千夏灼熱的手臂纏繞上來。拓兒起鬨說：

「千夏，很敢喔！」

「拓兒，男女之間的事，你是不會懂的。」千夏調皮地說。

達夫等千夏在絞盤拉上岸的小舟後方更換泳衣。他躺在沙灘上，看著海峽旁邊綠意盎然的熟悉小山。穿越海峽的時候，渡輪都要繞過那座山。而海峽另一頭，住著妹妹一家人，過著圓滿而平凡的生活。如果知道自己和千夏像這樣廝混，妹妹肯定要皺眉頭。也許是丈夫的職業保守使然，就連達夫要從公司離職，妹妹都大加反對。那個時候達夫對她說，用自己的價值觀去評斷他人是不對的。

小型絞盤白天的時候藏在小棚屋裡，只有黎明時分才會搬出來活躍一番。剛才的小孩子已經不見蹤影。飛越眼前竄泳而去的鸕鶿也不見了。一如往常，全是海鷗。

千夏呼喚達夫。達夫站起來，拍掉身上的沙，赤腳走向小舟。千夏從船首另一側探頭出來，把浴巾扔過來說「幫我遮一」。達夫說「又沒人在看」。

「你照做就是了。」

達夫繞過小舟，站到千夏前面。

「我可不想再被丟下。」

「還在說。」

達夫拉開浴巾，遮住千夏。

「誰曉得男人在想什麼？根本不能信。」

千夏全身赤裸，抬腳穿進泳衣裡。達夫眼睛看著小舟，一直看到她換好。千夏倒是滿不在乎。達夫疑惑，她是對每個人都這樣，或是只對自己如此？但任何思考在烈日底下都無法長久。達夫摺起浴巾。

「你為什麼不結婚？」

「是有人找我相親。」

達夫折回原處答道。好累，應該是上午游過一次的關係。不過只要再次下水，就可以甩掉疲倦了。千夏走在他旁邊感興趣地問：

「什麼樣的對象？」

「我妹的高中同學。」

「一定是好人家的女兒。你要跟她結婚吧？」

達夫搖搖頭，躺到沙上。「你妹妹也住在這裡嗎？」千夏一起坐下，望著他的臉。達夫告訴她妹妹的事。

「在開始做現在這一行時，我也想過要去海峽另一邊。這裡有很多認識的人，有時也不太方便，不是嗎？」

她說他們店裡也有幾個從海峽對面過來討生活的女人。

「不過，我們家也用不著在乎世人的眼光。」

達夫躺著，抓住坐著的千夏的手說：

「別說了。」

皮膚熱燙燙的，汗水不停地冒出來。千夏突然說：「應該帶防晒油來的。」好睏。想打個盹。要把現在當成人生的休假，他的年紀實在太不上不下了。這麼一想，他覺得自己所做的一切都很半吊子。

「你在想什麼？」千夏伸手，同時怯怯地把臉貼上他的胸膛，細語說：「我想離開那個家。」又說：「只要能離開那個家，要付出什麼樣的代價我都願意。」

「離開後要去哪裡？」

達夫抬頭看千夏。千夏的眼神嚴肅得可怕，幾乎是怒火中燒。

「妳去游一下吧。」

「你呢？不是你邀我來游泳的嗎？」

「我要睡一會。」

「你會中暑。」

「去游吧。」

「你生氣了嗎？」

「……」

「我想聽你的事。」

「我沒什麼好說的。」

「什麼事都可以。」

父母的死。十一年來的造船廠工作。妹妹與妹夫。說出口來，沒有一樣是重要的。

「你以前在造船廠工作？」

千夏的臉抬了起來。

「你參加罷工了？」

「一點。沒什麼好炫耀的。」

「那場罷工很有名呢！聽說工會想要搞垮公司。」

有一半確實是這麼打算的吧。我總是像懸鈴木的樹影般，只是旁觀。昨天的前同事應該也很清楚這一點。自己連微薄的捐款都拒絕了。

「別想了啦。」

「拓兒怎麼會坐牢？」

「就是啊……」

千夏說到一半，開懷大笑了起來，一直笑到眼角滲淚。

「拓兒他啊，其實個性很軟弱。」

千夏用指頭抹著眼角說。「我知道。」達夫點點頭。

「有一次，他在附近的酒家拿刀刺了一個陌生人。人家說他殺狗，他一時氣不過。」

「殺了人嗎？」

「人沒死。」

笑意徹底從千夏的臉上消失。

「那孩子殺不了人的。換作是我，一刀就讓他斃命。」

千夏瞇眼點頭俯視達夫。達夫目不轉睛地回視她，想要感受她的肉體散發出來的氣息。千夏捧起一團攙了鐵沙的沙，撒在達夫的肚皮上。

「小時候，我們只有任人笑罵的份。」千夏說：「說武士部落[6]的孩子都會殺狗，還說我們都剝狗皮、吃狗肉。」

不是拓兒那種乖僻、鑽牛角尖的語氣。達夫站了起來。千夏繼續說：

「你小時候也像那樣瞧不起我們吧？」

「對。我小時候什麼都不懂。」

達夫走到水邊。「你不是要睡嗎？」千夏的聲音追了上來。達夫不應聲，走進水裡。

他看著眼前沙子和小石傾瀉而下的靛藍色海面，就像走在淺灘一樣，滿不在乎地往深處走，結果腳下忽然一個踩空，人就這樣直挺挺地沉陷下去。夏季的喧囂與千夏剛才的笑聲還在四下回響著。會沉落到哪裡？往下墜吧！往下墜吧！有叫聲喊著。達夫睜開雙眼。沙子與小石不斷滾落往下。腳踩到底了，但頭伸不出海面。再往下墜吧！他聽見叫聲。仰頭一看，太陽一團模糊地蕩漾著。他看見千夏跳進來的身影，海面激起一團泡沫，海水和太陽都被攪散了。彷彿跳進來的千夏全身噴出水泡般，籠罩了四下。

*

兩天過去了。大相撲的地方巡迴公演舞台在又髒又臭的河口前廣場搭建起來。後天應該就會有鼓聲作響，巨漢橫行闊步。當地出身的橫綱[7]力士也會出場，應該會有許多鄉鎮的人為了看一眼那名嬌小但敏捷的橫綱力士而來。

---

6 武士部落：函館的大森濱一帶過去有片沙丘，貧困階級在此地挖洞搭建小屋居住，逐漸形成貧民窟，稱為「武士部落」或「沙丘部落」（砂山部落）。

7 橫綱：相撲力士階級中最高的一級。

昨天妹妹寄了限時信來。信上說，哥哥太優柔寡斷，下次我會把相親對象的照片寄給你，女方父母在信用金庫任職，家世良好，我打算直接過去你那裡談談。關於父母的墓地，妹妹只提到也許鎮上北邊的公墓比較好。後面他沒讀完，就塞回信封了。

焚風停了，早晚也不再悶熱。二十號一過，應該就會充滿秋天氣息。就像拓兒說的那樣。即便是撐到此時的繡球花，應該也會凋零吧。

達夫跟千夏約了中午碰面。他出去拿報紙。對於剛起床的人來說，戶外的光線分外刺眼。對面的摩鐵也過了退房時間，一片寂靜。折回屋裡時，他看見那天拓兒硬送給他的峰蘇盆栽。拓兒還想送他其他高山植物。叫什麼去了？岩什麼的。對了，岩高蘭。千夏的額頭和脖子貼著溼答答的頭髮，笑容滿面。她眼神頑皮地調侃說：「人家是什麼年紀，才不會想要這種東西。」「人家？」拓兒略略蹙眉。「抱歉，我不該叫得這麼親密。」千夏難得以撒嬌般的嗓音說。「原來如此啊。」拓兒說，望向達夫，揚起嘴角露出怪笑。達夫只拿了峰蘇的盆栽就走了。

後來就一直丟在玄關。偶爾澆個水就行了吧。達夫才剛睡醒，腦袋昏昏沉沉的，也不洗臉，在床上打開報紙。兩年半前母親死後，他立刻買了床鋪。一個人住，睡床方便多了。

打開地方版。除了相撲的巡迴公演外，還有同事等人正在籌備的研討會報導。報導說，在當地年輕勞工與市民合作下，昨晚在勞工會館組成了實行委員會。研討會將以說明板和資料展示來介紹老無政府主義者一生的足跡，並有四位知名講師演講，將於相撲巡迴公演後一星期在教育會館舉行。

達夫摺起報紙。他覺得餓了，打開冰箱，做了義大利麵，坐在床上吃了。他應該很餓，胃卻反應遲鈍。也許是被焚風期間的暑氣搞到失常了。畢竟在這塊土地，八月至多只有一天會超過三十度，今年卻持續了四天。

他安撫著舌頭，填飽胃袋，接著準備泡咖啡：磨好超市買的豆子、煮開水、用濾紙泡。汗不停冒出來。他用手臂擦汗，結果毫無脈絡地想起了千夏的肉體。新鮮的咖啡香充斥房間。

那個時候，是誰先引誘誰的？他覺得一切都自然而然。千夏跳進海裡後，兩人在海中纏手勾腳胡鬧著，呼吸不過來而把頭探出海面時，嘴唇已經疊在一起了。兩人就這樣反覆沉入浪頭間，原本是半開玩笑，但漸漸認真起來。每次頭探出海面，山丘、沙灘和拓兒一家拒絕入住的高樓住宅就在視野中搖晃。走上沙灘時，千夏突然沉默了。就彷彿先前根本不曾像少年少女般胡鬧歡笑。儘管他們的年齡還允許他們這樣瘋，但達夫覺得在浪頭間窺見了自己無為的日常。這在當時成了導火線。太陽開始微微西傾，達夫在小舟形成的陰影處默默地鋪上浴巾。

小舟的影子稍微緩和了激烈的喘息。海鷗身上的羽毛閃閃發亮，幾十隻群聚在兩人身旁的沙地上。牠們不時用一種可解釋為警戒、無視或好奇的眼神看著兩人，不停地咕嚕啼叫。一切都很急躁。即使陰莖深入千夏體內，達夫依然覺得無法接觸到她的最深處，幾乎就快被焦急給攫住。千夏也許敏感地察覺了。如今回想起來，就是如此。千夏流露出前所未見的溫柔微笑，喊道「你很好」，接著蹙起雙眉扭動腰肢，全然不在乎海鷗或光天化日之下的沙灘。「我這種女人就行了嗎？」千夏喘息著說，抓住他的肩膀。「哪種女人？現在說這些太慢了。」達夫的聲音也斷斷續續。千夏腹部使勁，抬頭咬住達夫的耳朵，接著後腦撞在浴巾上，再次說「你真的很好」。她總算掀動嘴唇說：「我在店裡跟什麼人都睡，只要在店裡專用的小房間給我錢……」「夠了，別說了。」達夫說。「我也不是沒去過那種地方。」他對著壓在底下雙目緊閉的千夏說。「拓兒，那孩子……」千夏發出沙啞的聲音。「別提拓兒。」但千夏似乎什麼話都聽不進去。「他太軟弱了，人家說他殺狗，他就……要是我，一定會宰了對方，即使是你也一樣。」「好，殺了我吧。」達夫委身在陰莖射出的液體裡說。千夏覆著一層薄汗的眼皮睜開了，然後再次閉上，如夢似醒地說：「我的家人……」話就此打住。達夫也不想知道下文。「不，那不算什麼。」千夏還沒說完，又放聲叫喊。被太陽灼烤的海鷗群散亂四處，其中一隻飛了起來，結果其他伙伴也同時跟著飛起。海浪聲漸漸回來了。

達夫來到市區。路程不到十五分鐘。懸鈴木的樹蔭下很涼爽。幾名不認識的年輕關取力士在市區散步，街上的人遠遠地看著他們，年輕女孩悄聲交頭接耳，默默笑著。街角有販賣競輪報和賽馬報的老婦人，也有一眼就知道是觀光客的年輕人高聲討論要從哪裡逛起。

大街噴泉旁的長椅上，千夏已經在等他了。在沙灘上歡好時，她說起「我的家人……」，卻就此打住，接著又說「那不算什麼」。達夫走向她，尋思這些話的意思。

千夏一看到達夫便站起來，笑容滿面地向他揮手，活像個小姑娘。另一頭的噴泉正在噴水，水花形成一道細小的彩虹。

達夫走過去，在旁邊坐下。噴泉的水花濺到臉上。他問拓兒呢？千夏說在準備祭典。

「三天後社區有祭典。拓兒正在打造紅白表演台。」

「他嗎？」

「我知道你想說什麼。祭典不一樣。他喜歡祭典。」

說是社區，也只有那六棟高樓住宅、拓兒家和澡堂。

「明明憎恨那些人，拓兒真的很好笑呢。」

千夏的話沒有嘲笑弟弟的意思。

「妳爸呢？」

千夏看向他，眼神像在說他幹麼問這種無聊問題。

「好得很。我媽會先撐不下去。」

她大聲開朗地說，周圍的人幾乎被引得回頭。

「我們去逛逛吧。」達夫說。

「去哪？」

「看電影。」

「別了吧。又不是高中生。」

「那妳想去哪？」

「我得去上班。」

「請假吧。」

千夏瞇眼，像要避開噴泉的水花。

「你以為你是誰？」她說：「只不過好上一次，就自以為是我的男人了嗎？」

千夏別開目光。

「過來。」

達夫抓住千夏的手，把她從長椅拉起來。

「你也跟其他男人一樣嗎？」

噴泉周圍的年輕情侶和親子同時看向他們。「看什麼看？有什麼好看的？」千夏說。

「過來。」

「很痛啦，放開我。跟你去就是了。」

達夫沒有放手。他硬是扯著千夏的手離開長椅，周圍響起低低的笑聲。千夏回頭瞪他們。達夫用力拖著她走。

「我要跟拓兒告狀。」

達夫默默地找電話亭。遊藝中心角落有一台。他把千夏拖去那裡，開了門，掏出零錢塞進千夏手裡。

「我得告訴你，我們一家人都靠我養活。那個沒出息的弟弟，還有我爸跟我媽都是。」

「我有話要跟妳說。妳請假吧。」

千夏搖頭，嘆了一口氣，把零錢擲在電話亭地上。「你知道我跟一個男人睡覺可以拿多少嗎？」她瞪著達夫，眼周浮現細小的靜脈。達夫彎身撿起零錢，抓住千夏的手，扳開握拳的手指，將零錢放上蒼白的掌心。

從電話亭的玻璃看出去，廣場被陽光照耀得近乎一片潔白。在廣場休憩的人裡頭，也有那名前同事和青年部的委員長，全看著達夫。他們正四處在電線杆和路燈上張貼研討會海報。顯而易見，前同事掌握了實行委員會的主導權。春季那場長期罷工，也是因為有比達夫年長七歲的他，才得以斷然實行。

「你有什麼話？我完全不知道你要說什麼。」
達夫用腳撬開電話亭的門說：「妳請假一天，我慢慢跟妳說。」
「不行啦。」
「是關於我們兩個的事。我們兩個的未來。」
「太可笑了，你是認真的嗎？」
「妳跟前夫有孩子嗎？」
「有又怎麼樣？」
「有嗎？」
千夏看著廣場搖搖頭。
「斷得一乾二淨了吧？」
「難道你是要說，你願意娶我？」
「……」
「我家的人一定會很開心。」

「別用那種口氣。」

「好吧，今天就依你，下不為例。懂嗎？」

千夏撥打數字盤，達夫走出廣場等待。

貼海報的兩名男子走了過來。委員長面露精明的笑。電話亭的玻璃隔板傳出千夏模糊的聲音：「我今天要請假。」傳聞說，委員長要參選明年的市議員選舉。兩人走近後，停下腳步，看著達夫和千夏。

「真巧。」

不久前打電話來的前同事看向千夏。千夏正在向店裡的人扯謊，沙啞的聲音說著：「我爸狀況不好。」

青年部的委員長亮出印有「回顧展」三個字的宣傳海報：

「設計得很棒吧？怎麼樣？願意幫個忙嗎？」

老無政府主義者的臉溢出海報似的印在上頭，還有研討會的日期、時間、地點及講師的名字。

「我喜歡自己貼海報。」委員長說。

達夫很想朝對方的腳吐口水，但他沒這麼做，而是說：

「聽說你要參選下屆市議員？」

對方面朝柏油路，娘娘腔地笑了，接著辯解說：「那不是我的意思。」

千夏出來了。她說：「好了，如你的願。」然後望向達夫的兩名前同事。

「哎呀，我們礙了好事嗎？咱們還是別打擾了。」

他們目不轉睛地打量千夏，接著一同露出冷笑。千夏噤聲不語，一動也不動地回視兩人。達夫準備如果他們再多說一句，就要還以顏色，但兩人也並非不知世事，還似乎看出千夏是個什麼樣的女人了。兩人互使眼色後，委員長拍拍達夫的肩膀說：「哎，祝你一帆風順。」隨即穿過廣場離開了。

「他們是誰？」

達夫默默指著他們剛貼上的電線杆海報。漿糊尚未乾透，滲出了海報紙。

「那種裝模作樣的男人最不能信。」

「我知道。他們只是我前同事。」

兩人朝他們反方向的髒臭河流走去，經過遊樂園，來到堤防。這兒雜草叢生，在風中擺動著。

「你這個人，」千夏說：「看不出原來這麼強勢。」

達夫看著滿是泥濘的河面。

「我來說說我前夫吧。我們是在我十八歲的時候才在一起的，雖然相處了五年，但不曾去登記。」

河面寬約三公尺，混濁到連是否在流動都看不出來。

「既然已經分了就好了。」

達夫踩過堤防的雜草。

「我是跟他分了，但拓兒到現在都還把他當成大哥，跟他往來。你知道，拓兒是那種不會交朋友的人。」

「他叫什麼？」

「中島。就是他教拓兒怎麼盜挖高山植物的。」

「地痞嗎？」

「嗯，不過算不上什麼角色。」

「我想也是。」

達夫不知道挖上一整輛卡車的高山植物能賣多少錢，但就算是地痞，也沒有人會認為能靠幹這一行維生。從這裡就知道他不是什麼了不起的人物。

千夏甩動著手提包，看上去無憂無慮得刺眼。距離河口還有好一段路。

「你的峰蘇好嗎？」

一瞬間達夫不懂她在說什麼。想起來後，笑意就像剛才的噴泉水花般湧了上來。

「噢，妳說那個？丟在玄關。拓兒真的在賣那種東西嗎？」

「有一搭沒一搭的。有時候會去市場或露天擺攤，跟中島一起賣。不過比起買賣，那孩子更喜歡照顧植物。雖然這麼說他會生氣。」

「這樣比較像拓兒，這才符合他的心性。」達夫這麼說，千夏直勾勾地看著他。

「我可以去看看峰蘇嗎？」

「來啊。」

河川有些地方的惡臭濃得嗆鼻。千夏變得寡言起來。達夫任意認定她不是個會後悔的女人。他遛達似的走著，突然沉默不語的千夏落到後方。蟬聲唐突地響起。

「怎麼突然不說話了？」

「你討厭聒噪的女人吧？」

「妳真懂我。」

「前夫最近又想跟我復合——從我做起這一行之後。」

「他只是想靠妳賺錢吧？」

「他本來就是那種人。可是拓兒很仰慕他，我前夫也是明白這一點，才不斷拉攏拓兒。他從春天就一直拿這件事來煩我。」

「妳已經厭倦他了吧？」

「這還用說嗎？成天就知道發酒瘋，對人拳打腳踢，淨是惹出些小家子氣的傷害事件，跟他在一起五年，還不夠我受的嗎？」

「我去跟他做個了斷。」

「先跟拓兒和妳前夫說清楚。」達夫說。

「你是真心的嗎？我們只不過在海邊做過一次而已吧？人家會笑你傻的。你有妹妹，還有有頭有臉的前同事啊。」

千夏用大姊的口氣說話，然後探頭看達夫的臉，又加重了語氣說：

「半點好處也沒有的。你明白嗎？你跟我都老大不小了。」

河口近了。開始看見河口旁廣場上相撲巡迴公演的臨時建築和旗幟。

「我要帶我媽去看那個。後天對吧？有我媽支持的關取力士。」

「千夏，妳不是說妳想離開那個家？」

「那個時候是。有時候我會忽然這麼想。不過這不用你插手，那是我的家。什麼我們兩個的未來，我不需要同情。」

千夏拔起一把雜草，擲向達夫。但草只是在達夫面前像死蟲的翅膀般無力地落到地面。

「少得寸進尺。我看過太多男人了，幾乎沒一個像話的，你也一樣。」

「……」

「說話啊？明明不久前還站在船塢上揮紅旗搞罷工。只要今天一整天在你的公寓跟你搞就好了吧？這樣我可以滿足，你也可以滿足。」

「好。」

「好什麼好？少再隨便說大話。」

巡迴公演的廣場上孩童群聚。他們像鳥一樣活動著肢體，其中幾個從臨時建築的帳篷縫隙窺看裡面。防波堤出現了，髒臭的河流從河口黯然無光地匯入大海。

隔天早上，千夏慵懶地穿戴整齊，問仍全身赤裸的達夫：「滿足了嗎？」他默默點頭。千夏露出混合了滿足與疲勞的表情，半帶玩笑地說：「還想把我救出苦海嗎？」不等對方回應，她拍了拍達夫的肩又說：「我知道你是個沉默寡言的好男人，所以別再說些無聊話了。」

一個人獨處後，達夫寫信給妹妹。「妳趁這個夏天過來一趟，討論買墓地的事，需要的錢我今天就匯過去，用妳的名義買吧。」寫到這裡，他思忖千夏的事該怎麼辦。心意很快就定了。「我不知道錢夠不夠，不過我們直接碰面再討論。其實昨晚我跟某個女人共度了一晚，她人才剛走。往後我跟她會怎麼樣還不知道，不過妳先替我回絕相親的事吧。」然後再添了句「多保重」，把信封了起來。他覺得這信太直接了，但妹妹也已經是人婦了。或許她會生氣，不，她一定會生氣。尤其是對他自作主張先匯錢過去的事。

不想待在家裡。達夫上街，把信丟進郵筒，接著去了昨天和千夏碰面的廣場附近的銀行。離職金幾乎沒動。他把一半匯進妹妹住的地方的銀行。

走出銀行，他看見貼著研討會海報的電線杆，還有廣場和噴泉。和昨天一樣，許多人在這裡休息。自己怎麼會突然對千夏說那種話？想想千夏的性情，應該還有更多更成熟的做法才對。然而在那種完全是光天化日下的地方，他無法正確表達驅動自己的情感。那個時候，只有彷彿柏油路裂痕般的東西壓得身體吱嘎作響。

他無法辯解。事情都過去了。結果千夏還是隨他回到公寓，也順著歡喜的叫喊把手指插進他的髮中，一再呼喊：「這樣就好了，這樣就好了。」「其他的事都不重要了。」那顫抖的聲音不斷在耳底回響著。

達夫避開廣場，走上路面電車駛過的馬路。他滿腦子只想著千夏，結果感到眼睛、耳朵和胸口都開始充血。對於千夏，往後他不會有任何說明，也無法說明。

懸鈴木長滿了茂密的樹葉。然而不管是樹蔭，還是被拍進觀光客相機的五顏六色路面電車或噴泉，都無法安撫他的心。或許就像千夏說的，這樣就好了，這樣就好了。汗水淋漓的夜晚房間裡，她的聲音沒有堤防上的那種反抗或不耐。明天她會帶著鎮日關在那間鐵皮屋裡，陪著唯有性欲未衰丈夫的老母一起去看相撲。她在昨晚歡愛的間歇之中告訴他，母親是當地出身的橫綱力士的粉絲，力士升格為橫綱後，這條電車道上立刻舉辦了盛大的慶祝遊行。

回到公寓時，令人意外地，拓兒正坐在漂流木上等他。

達夫問。不管是拓兒還是漂流木都令他吃了一驚。

「你在做什麼？」

「我等了好久。因為等太久了，跑去撿了木頭回來。」

拓兒親暱地說著，拍打樹皮完全剝落的光滑漂流木。拓兒說漲潮的時候比較容易撿到好木頭。那與先前看到的、鋸來要在冬季燒柴的漂流木大不相同，光澤極美，約有拓兒的身體那麼粗。

達夫打開玄關，拓兒默默走進來，望向峰蘇盆栽。他說這本來長在高山，最好避免陽光直射，又說它很快就會開出像紅豆杉一樣的花。達夫不知道什麼紅豆杉，也沒興趣。「你真的很喜歡植物。」他有些調侃地對拓兒說。

「還好啦。」拓兒有點害臊地應道：「它們真的很棒。」

「是嗎？也會去挖自然紀念植物嗎？」

「那當然了。」

「你一個人也行嗎？」

「廢話。有沒有啤酒？」

達夫從冰箱取出啤酒，把杯子放在榻榻米上倒酒。拓兒環顧房間，讚嘆說：「這地方真不錯。」敞開的玄關門外，形狀扭曲的漂流木散發著光芒。木頭應該很快就會乾掉，色澤將變得暗沉。

「我爸年輕的時候，會拉著手拉車去撿漂流木。」拓兒說：「那時候我讀小學，沒有現在那條海岸道路，從海邊到我家就是一直線，周圍都是沙丘。變成那樣，我爸也完了。」

「跟你一起去挖高山植物的，是千夏以前的男人？」達夫問。拓兒眯起眼睛。

「是啊，怎麼了嗎？」

「沒事。」

「都問了還沒事？」

達夫倒啤酒。

「你真的跟千夏搞上了？」拓兒問。

達夫也默默地喝啤酒。

「這樣啊，這樣啊。」拓兒點頭，「千夏很恐怖喔。」

拓兒的口氣就像在談論別人，而不是自己的姊姊。達夫問：

「聽說他想跟千夏復合？」

「是啊。畢竟都一起生活了五年。千夏怎麼也不考慮一下呢？」

「我想跟他碰個面。」

「見他要做啥？」

「跟他做個了結，叫他放棄你姊姊。」

「別了吧，很無聊。」

拓兒定定地看著達夫。他想了一下，喝了幾口啤酒說：

「千夏那女人你搞不定的。再說，你是個正經人，起碼比我正派多了。雖然千夏是我姊，但還有別的男人更適合她。」

「那就算了。」

拓兒咂了一下舌頭，「哎」了幾聲，抹抹被啤酒沾溼的嘴唇。他一邊抹嘴，眼睛仍盯著達夫。

「真沒辦法。」拓兒說：「你想怎樣？千夏喜歡你嗎？」

話還沒說完，拓兒自個兒笑了出來，說：「也用不著問呢，這陣子千夏都怪里怪氣的。」

「要是被他知道我的事，你會不方便嗎？拓兒。」

「有點。」

拓兒背過身子，雙手撐在榻榻米上，打直了兩腿。隔著他的肩膀，可以看到玄關的漂流木。

「不過這是男女之間的事，千夏幹的又是那一行，就看千夏的意思吧。我不能替哪一邊說話，這你懂吧？」拓兒只轉過頭來說。

「社區祭典順利嗎？」

「噢，對了。今天我也在搭盆舞[8]的舞台。後天就是祭典了，你要來嗎？千夏也在等你。」

「我會去。」

達夫去冰箱拿啤酒。拓兒的聲音追上來：

「你不管怎麼樣都要見千夏的前夫嗎？」

「嗯，如果可以的話。」

「千夏怎麼說？」

「嗤之以鼻。」

達夫拿出啤酒。瓶身結滿了水滴，沾溼了手指。

「很像千夏的反應。」拓兒等達夫回來後說：「我跟你變成兄弟也很奇怪呢。」

「就因為一只拋棄式打火機。」

「就是說啊。我這個做弟弟的就是不成材，哪個男人我都不能幫，不過我會站在我姊那邊。你真的要見大哥？」

「什麼時候可以見到他？」

「明天。明天我們要在新川路的夜市擺攤，那個時候可以。」

「好。」

「別害我姊哭喔。如果只是玩玩，玩過就算了，我姊也知道分寸。」

拓兒突然不再直呼姊姊的名字，達夫知道他這話是嚴肅的。

「聽說明天千夏要去看相撲？」

「她跟你說了？她就是那樣一個人。」

拓兒自己也是，達夫想。

「真不該拿你的打火機。」拓兒半認真地說。

＊

8 盆舞：日本夏季盂蘭盆會上進行的團體舞蹈，用意在於慰靈及送靈。

隔天一大清早就響起宣傳活動的鼓聲。達夫總覺得一開門就會看到漂流木。他給峰蘇盆栽澆水，心想現在這時候，千夏應該正帶著母親擠在人群裡。他沒有想起妹妹。他暌違許久地前往小鋼珠店，一直泡到傍晚，才走去新川路。一想到拓兒在這條路上販賣瞞著山林監視員耳目盜挖來的植物，就覺得好笑，要去見千夏前夫的緊張感似乎也被沖淡了些。這確實不是什麼正經生意，但的確是拓兒的正職。他想，不管今晚見到的是個什麼樣的男人都無所謂。

前往新川路的沿途，林立著落魄的傳統商家。八成就像他一直任職到春季的公司那樣，是被這個城市拋棄的部位。不過夜市頗為熱鬧。達夫起先逛了逛小孩和親子圍繞的玩具攤、撈水球攤和色彩鮮豔的蘋果糖攤。

賣植物的只有最裡面的一攤。可惜那裡遊客稀疏，連電燈泡的光芒也昏黃暗淡。他看見拓兒和另一名男子站著說話，便走過去站在攤子前。賣的幾乎都是高山植物，拓兒家的盆栽陳列在三層展示架上。達夫尋思該如何向男人開口，同時覺得植物擺在拓兒家的鐵皮屋時，看起來更生氣蓬勃，為此感到有些不可思議。看著陳列的盆栽，他彷彿可以理解為什麼四個大人會拒絕搬進高樓住宅，擠在那間看起來快被豔陽和暑氣壓垮的鐵皮屋生活。

拓兒發現達夫，對男子說了什麼。男子在昏黃的電燈泡下回頭，看向達夫。達夫微微頷首，但未立刻走向男子，而是看著高山植物盆栽。每一盆都有標價。他想起拓兒告訴他的植物名稱，也想起拓兒當時的語氣和表情。上面有拓兒給他峰蘇時，說要一起送他的岩高蘭小盆栽，標價八百六十圓。看起來就像棵矮小的松樹。如果能熱銷大賣，確實是一門還不錯的生意。

男子從攤子裡繞出馬路來。

「拓兒，我要這盆。」

達夫指著岩高蘭說。緊張的反而是拓兒。他的眼神不安地游移，靠了上來。達夫從口袋掏出皺巴巴的千圓鈔給他。

「客人，就是你嗎？」

男子瞇眼，刻意壓低嗓音說話，劈頭就想來個下馬威，顯然很清楚怎麼跟人幹架。達夫向男子報上姓名。拓兒浮躁不安，但還是把找錢和用報紙包好的盆栽遞過來，同時使了個眼色：盡量被別他挑釁。達夫點點頭。男子說：

「你的名字，我剛才聽拓兒說了。」

「那就好說了。你是千夏的前夫嗎？」達夫用左手拿著盆栽。「到後頭說去。」

男子輕推了達夫的肩膀一把說。對方年約三十五、六，口臭嚴重，踩著鞋底貼皮的傳統夾腳拖，頭上綁著捲起的毛巾，走在一起，看得出個頭嬌小，比達夫矮多了。

達夫默默跟上去，走到顧攤的拓兒背後。男子在那裡停步，眼中泛著陰險，以完全是恐嚇的口氣說：

「你是千夏的誰？」

「你又是她的誰？」

達夫故意反問。他有幾個同夥？應該把在這裡擺攤的都當成他們的人。

「那是什麼口氣？少明知故問，我是千夏的老公。」

「那是老早以前的事了吧？」

「所以你是她新的男人？」

「你可以不要再糾纏千夏嗎？」

「拓兒！」

男子吼道。拓兒提心吊膽地走過來。

「這是什麼意思？你是要跟我一刀兩斷嗎？」

「跟拓兒無關。」

達夫加重了語氣說。

「拓兒是千夏的弟弟，我跟拓兒一起做生意，怎麼會無關？」

「我是來跟你談的。」

「拓兒，給我說清楚！」

「沒有人怕你。我跟千夏都是。」

達夫正面瞪住男子。

「你說什麼？這個姘頭！」

「千夏是自由的，沒你多嘴的分。」

「你知道千夏正在跟誰睡、在幹什麼買賣嗎？」

達夫點點頭。

「那你不就明白了嗎？你問過千夏嗎？那女人不適合你這種男人。她不可能過正經日子。」

「不好意思，我也沒正經到哪去。」

達夫說，看見男子的臉頰繃住了。

「混帳東西，屌什麼屌！」

男子叫聲剛落，拳頭已經揮了出來。達夫瞬間閃避，但還是被打中左鼻。不怎麼痛，但流鼻血了。達夫好久沒看見自己的血了。他倏地冷靜下來。看到鮮血，男子更加興奮，雙眼和浮現冷笑的嘴唇滲透出亢奮。拓兒在背後想要懇求達夫。只見男子更凶猛地從旁邊揮拳打來。拳頭命中下巴，就這樣滑向正在出血的鼻子。達夫仰身後退，心窩挨了一記夾腳拖。剛買的盆栽脫手滑出，在腳邊摔碎了。拳頭擊中耳朵，達夫摔倒在破碎的盆栽旁。「王八蛋，自以為什麼東西！」男子在頭上怒吼，用夾腳拖不停地猛踹他的肚子和臉。嘴唇破裂，滿口都是血，但達夫依然很冷靜。他聞著自己的血腥味，看向路面。眼前是岩高蘭碎裂的盆栽。幾個男人跑來圍觀，有的起鬨，有的勸男子在警察還沒來之前快點收手。「我知道，我才不會為這種人浪費時間。」男子應道。意識有些模糊了。最後男子踢了他的下巴一腳，得意洋洋地說：「好啦，做生意啦，做生意！」隨即回攤子去了。路面感覺冰冷。「拓兒，那東西看了就礙眼，拖到旁邊去！」男子喊道。

達夫雙手撐地，爬了起來，吐出攙雜鮮血的唾液後，激烈地嗆咳。拓兒在他面前蹲下，滿臉的抱歉。達夫想要向他笑。

「站得起來嗎？」

達夫說不出話。「你真能忍。」拓兒說。

拓兒伸手抓住達夫的手臂，扶他起來。

「我對你刮目相看了。」

拓兒悄聲在達夫耳邊說，就這樣扶他到公車道上。其他攤子的人向拓兒吆喝，還叫他別管。

他們來到了公車道。「咱們去喝一杯吧。」拓兒說。「生意呢？」達夫總算擠出話來，只是一開口，口中的鮮血便泉湧而出。被打得比想像中的更慘。

「夠了，算了，高山植物就送給大哥，我不要了。」

拓兒從銀行轉角往左彎去。

「也不能那樣吧。」

「沒關係。你能喝嗎？」

「嗯。」

「我去叫計程車。」

「千夏今天去看相撲了吧？怎麼樣？」

上氣不接下氣。

「噢，她很滿意，老太婆也是。咱們當地的橫綱力士贏了，聽說他使出超厲害的上手捧。」

拓兒恢復原本親人的表情說。體內充滿了虛脫感，達夫說「我坐一下」，在路肩坐了下來。拓兒也蹲下來，叼了根菸點火，塞進達夫的嘴唇裡。煙霧刺痛傷口。「糟蹋了一盆岩高蘭。」達夫說，把混合了鮮血的口水啐到夜晚的路面。

「那沒什麼。只要去山上，想挖多少就有多少。」

拓兒走出馬路，攔下計程車。

達夫喝得爛醉。酒精稍微緩和了傷痛。「喝吧，喝吧，喝個痛快吧！」拓兒說。兩人喝到三更半夜，市街都人影稀疏了。拓兒說還喝得不過癮，邀他去家裡。「家裡還有酒。」他說。「今晚的事別告訴千夏。」達夫叮嚀。隨著時間過去，腹部側邊痛了起來。也許肋骨裂開了。他決定用走的回去。「你可以嗎？」拓兒把他當親哥哥一樣關心，不時扶他在路燈下休息，還輕拍他的臉頰說「大帥哥」。達夫說：「你也替默默挨揍的我想想吧。明天酒精完全從身體排空後，是會更痛，還是減輕？」兩人走在防波堤旁。溼暖的海風吹了過來。拓兒說是山背風。天空晴朗。這點程度的山背風，海面應該不怎麼洶湧。兩人橫越海岸道路，經過野玫瑰灌木旁。

玄關鎖著。拓兒不理會，砰砰砰敲門。屋子裡亮起來，傳出千夏帶著醉意的聲音：「安靜點！」拓兒搭著達夫的肩，無意義地放聲大笑，達夫也笑了。穿著襯裙的千夏吱嘎作響地打開門來，目瞪口呆地看著兩人。

「我帶姊的男朋友來了。」

拓兒說，又發出醉鬼特有的笑。

「我不賣什麼盆栽了。」

「別幹了！別幹了！」達夫說。

「你……」千夏注意到達夫臉上的傷，「快點進來。」

屋子裡很熱。拓兒從廚房拿來一升⁹容量的酒瓶。「姊也要喝嗎？」他問。

千夏不答話，兀自解開達夫的夏威夷衫鈕釦，邊解釦子邊說：「你是打架打輸了嗎？」達夫不吭聲。拓兒把斟了日本酒的杯子推到達夫面前，半哼半唱地唱起〈軍艦進行曲〉的歌詞：「攻守兼備……」「別吵！他們都睡了。」千夏使眼色望向裡頭的紙門。

「抱歉這麼晚跑來。」

千夏用力搖搖頭。

「傷得好嚴重。」

達夫一口就倒光了酒。千夏走去廚房，端來臉盆和毛巾，命令拓兒拿藥箱來。

達夫望向他們父母寢室的紙門。千夏無微不至的柔軟手指檢查似的觸摸破裂的嘴唇。

「居然跟人打架……」

拓兒提著藥箱回來了。

9　日本傳統容積單位，一般用在日本酒容器，一升為一點八公升。

「真登對。」他東倒西歪地說：「姊，跟他結婚吧。」

「吵死了。會痛嗎？」

千夏翻開達夫的下唇，說：「牙齦傷得好慘。」「喝個酒就會好了。」達夫應道。千夏搖頭：「所以才會醉成這樣嗎？」拓兒接話：「是啊，達夫酒量很好。」然後以下流的口吻說：「酒量好的人，那話兒也很猛。」拓兒醉到口齒都不清了。

千夏轉向弟弟責怪他：「他挨打的時候，你在旁邊幹麼？」

「是他自己要跟人打架的。」

「他才不是那種人。」

「姊這麼了解達夫喔？」

「比你還了解。總不會是你打的吧？」

達夫搖頭說：「我不會跟拓兒打架。」千夏的眼睛亮起安心的神色，注視著達夫。

「不管發生什麼事，我都不會跟拓兒打。」

達夫強調說。他脫下夏威夷衫，千夏溫暖的手指撫摸各處。摸到左側腹時，一陣劇痛，冷汗直冒。「肋骨可能不太妙。」千夏從藥箱裡取出藥膏，生氣地說：「怎麼喝到這種時間？看看你的臉，青一塊紫一塊。」

「她好像護士。」

達夫痛得皺眉，轉向拓兒說。他知道一說話，口中又散發出血腥味來。

「南丁格爾啦，南丁格爾。」拓兒也附和說。

「你最好斷掉兩、三根肋骨。」千夏貼上藥膏，紮上繃帶。達夫說不必這麼小題大做，但千夏不聽，說：「明天去看醫生以前，不准拿掉。」

「你們快點結婚啦。沒有人會反對。」

拓兒一本正經地說，教人覺得滑稽。他又勸達夫喝酒。「你真的很會喝欸。」

會反對的只有妹妹，達夫唐突地想。拓兒身體不便的父親所在的房間沒有半點動靜。千夏受不了地說。

千夏發現達夫一直在看那裡，說：「媽陪爸累壞了。」「連閻王都不敢收。」

拓兒訕笑道。

「那還叫人家結什麼婚，就算是酒後玩笑話，你也少亂講。」

千夏在達夫的側腹部緊緊地紮上繃帶，用膠帶固定好。

會反對的只有妹妹，前同事們只會像在廣場那樣，面露輕蔑，朝我們直打量而已。這是個小地方，達夫帶了什麼樣的女人在街上走，或許已經在公司和工會裡傳開，他們應該不會再找他捐款或連署了。信應該會在明天或後天寄到妹妹手上。早知道就寄限時的。千夏包紮告一段落，達夫便抽起菸來。千夏忙完，催促拓兒說：「也給我一杯。」隨即穿著襯裙喝起杯中的酒，上下掃視達夫的身體，就像在尋找還有沒有可以上藥的地方。

妹妹發現銀行匯進的那筆錢，會怎麼想？她可能會說：「我不是為了錢，只是想要跟別人一樣好好祭拜爸媽。」也許星期天就會搭渡輪越過海峽而來。她肯定也會想要知道千夏的事。不過，父母的墓最終應該還是會簡樸地蓋在日照良好，甚至有管理事務所的公墓裡。

「你看起來不像是會打架的人，真是人不可貌相。」千夏以近乎天真無邪的表情說。

「相撲好看嗎？聽說橫綱力士以上手摔得勝了，妳媽一定很開心吧。」

「畢竟是當地出身的力士啊，萬一輸了就不得了了。」

「原來是串通好的？」拓兒說。

「那橫綱力士才沒弱到需要靠作假得勝。」

到了明天，巡迴公演的台子就會拆除了。相撲巨漢會搭乘火車前往其他城鎮。這麼說來，明天是社區祭典。達夫提起這件事，拓兒笑逐顏開地說：「我會帶頭打鼓，你一定要來看。」

「我可不去。你怎麼會這麼奇怪？」千夏受不了地說：「明明平常理都不理那些搬去大樓的人。」

「祭典不一樣。」

「都一樣。」

醉意麻痺了疼痛。達夫覺得自己身在這個家極為自然。他的目光對上千夏，千夏的眼角擠出細紋。她二十九了。今晚在店裡陪睡的男人體臭就像疲勞般附著在她的皮膚上。「現在幾點了？」達夫問姊弟倆。

「你要回去？不行啦。留下來過夜吧。」千夏說。

「對啊，在這裡過夜吧。」拓兒也說。

「可是你媽也在……」

「這個家有什麼好顧忌的？」

拓兒以酒醉的邋遢口吻說，接著對千夏說：

「姊，我要當達夫的弟弟。」

「醉鬼！去睡覺啦你。」

「好吧。」

拓兒的身體就這樣沿著牆壁慢慢地往下滑，頭枕在手肘上，兩、三下就打起鼾來了。千夏從壁櫃搬出毛巾毯替他蓋上。達夫喝光剩餘的酒。

「你最好也睡吧。」

千夏讓出自己的房間。房裡已經鋪好了她的被褥。她搬出另一床被子在旁邊鋪好。她一邊鋪床，一邊看著達夫說：「我們家就這副德性……」「沒關係，我知道，能睡就好。」達夫看著穿襯裙的千夏說。

達夫在被窩躺下，疼痛似乎緩和了。千夏關掉電燈。醉倒的拓兒鼾聲大作。

「你是跟我以前的男人打架吧？」

「看得出來？」

「當然。你幹麼這樣？我才不怕那種人。」

「我也是。」

「都被打成這樣了，別再逞強。」

達夫也不認為千夏的前夫會就這樣善罷干休。走一步算一步吧，他想。千夏默默鑽進達夫的被窩裡，拉了毯子蓋在腰間，對達夫說：「睡吧。」

達夫在這個家假寐到早上，無法期待熟睡。他覺得自己鑽進了迷宮，就這樣一頭栽進沒有出口的死胡同，直到黎明。這樣就好了。

早上母親醒來，進房來了。達夫在半睡半醒間察覺，他覺得應該為突然來過夜的事向千夏的母親致歉，卻想不出該怎麼說。側腹仍陣陣刺痛著。

母親叫醒千夏，完全沒有提到達夫。她小聲地懇求「拜託」。千夏悄悄瞥了達夫一眼，鑽出被窩。「對不起，對不起，就到他死而已。」母親不停地說著。

「真沒辦法。」

千夏的聲音聽起來並不自棄。

達夫轉向旁邊，瞇眼偷看未關上的紙門。老人躺著，看不到臉，只看到細瘦的手臂。千夏慢慢爬起來，拉好連身襯裙的衣襬，接著躡手躡腳進入父親的房間。達夫一動也不動，繼續裝睡。他歷歷在目地想起第一天他向拓兒告辭時，拓兒只是撇開臉去。

達夫靜靜待著，直到母親離開去廚房。父親的房間傳來老人若有似無的喘息聲。達夫慢慢爬起來，四肢百骸被動作碾壓得彷彿要散了。他悄悄套上長褲。拓兒在客廳睡得不省人事。父親房間的景象，他瞭若指掌。

達夫穿著長褲走出玄關。千夏昨晚為他包紮的繃帶十分牢固。遇到母親了。母親陷在皺紋裡的眼睛驚恐地看著達夫。達夫勉強說：「抱歉昨晚突然來過夜。」就這樣走了出去。

朝陽迎面而來。他瞇起眼睛。母親在背後說著什麼，是在說「吃過早飯再走吧」。達夫覺得那是他死去母親的聲音。他走到屋旁，不見半盆高山植物，昨晚痛揍達夫的男人應該會再上門來找碴。

繞到屋後。拓兒撿來的漂流木鋸得整整齊齊地堆放在那裡，上面就是窗戶，千夏現在就在那個房間裡。繡球花仍舊綻放，渾圓的花朵與桔梗的紫花並排盛開。鐵皮屋沉陷在陽光底下，勉強站立在地面。達夫感覺這整個家充滿了吶喊與慟哭。他走向繡球花，折斷不合時節的花朵，發出清脆的聲響，黏液沾溼了手指。光是這點動作，就讓他的側腹痛到冒冷汗。

幾分鐘過去了，他雙腳緊踏著乾燥的地面佇立著。接著過了一會兒，傳來千夏找達夫的聲音。朝陽照亮高樓住宅。

他拿著繡球花走去千夏那裡，每跨出一步，全身便處處作痛。千夏一看到達夫，表情便僵住了。

「你在這裡？」

「嗯。」

達夫把繡球花扔在鐵皮屋的屋簷下。

「身體還好嗎？你最好不要亂動。」

千夏說完沉默了一下，表情依然緊繃，很像剛才在玄關碰到的母親表情。

「你知道了？」

「沒關係。」他說。「不管那個，等傷不痛了，我們去游泳吧。不，今天就去游吧，我看妳游。」

「你得先去醫院。」

達夫默默地站著。千夏說「得換藥膏才行」，便走近過來。射入巷弄的朝陽下，海鷗的啼叫聲、海浪聲、帶鐵沙的滾燙海沙，以及千夏開朗的聲音，一切都逐漸復甦。

第二部

如水滴落下的陽光

四月了。然而巷弄的公寓前還殘留著結成冰的積雪。跨出巷弄一步，未鋪柏油的路面一片泥濘，陽光確實地告知春意已然降臨。

達夫揮動十字鎬，敲破厚厚的冰層。化成碎片的冰像沙粒般噴刺在臉上。他已經清了快二十分鐘吧。不疾不徐，維持相同的呼吸節奏，這就是除雪的竅門，否則只會徒然累積疲勞，無以為繼，在達成目的前就先棄械投降了。這是在大半年都被大雪封閉的這塊土地裡自然學到的生活智慧。

全身出汗了。達夫想脫掉夾克，但沒有停手。巷弄另一頭就是嶄新的季節。在這裡，季節總是突如其來地造訪。懸鈴木和金合歡等行道樹轉瞬間便萌芽，冒出滿樹的綠葉，在風中搖擺，反射陽光。如此一來，就已經是夏天了。

這麼一想，他好似可以聽見千夏咂舌頭的聲音。她會咒罵這條日照極端不良的狹小巷弄，埋怨：「為什麼只有我們還得關在冬天裡？」就像在指控這是不公平的。這也難怪。他們在小直出生那年才搬來，前前後後也住了三年。在那之前的幾個月，他們住在達夫租的海岸旁公寓。女兒出生後，千夏要求搬到房間較多的公寓。

達夫也一樣希望擺脫冬天。如果只是想要日照光線，那很容易。每當千夏發牢騷，達夫就說：去找間妳喜歡的公寓還是房子吧，什麼時候搬家都行，最重要的是，完全沒必要遷就討厭的事。

「妳媽也一起搬過來住吧。」

「不行，她不會點頭的。」

「我會說服她。」

「你的心意我很感激，可是她打定主意要死在那間鐵皮屋。那是媽的人生。爸都死了，更是如此。」

達夫想起這段對話，千夏那句平靜的「那是媽的人生」，填滿了達夫灼熱的身體。他舉起雙臂，揮下十字鎬。額頭的汗快沁入眼中了。眼前浮現彷彿被六棟高樓睥睨般、千夏老母居住的家。千夏離家，老父也死了，但老母仍堅持不肯搬進市政府準備的那些舒適大樓住宅。而且，現在拓兒有近半年都去東京工作賺錢，老母幾乎是一個人獨居。可是……千夏說的沒錯。

達夫使盡渾身力氣用十字鎬擊碎冰塊。小舅子差不多要來了，頂多只剩下十分鐘可以除雪。只要繼續揮舞十字鎬，很快就會結束了。接下來用鏟子鏟起碎冰，扔向大馬路的泥濘，陽光很快就會融化它們。

車子停下的聲音，接著是粗魯地開關車門的聲響。車門甩得那麼大力，肯定是拓兒。拓兒在巷弄入口，和戴墨鏡穿皮夾克的男子一同現身。拓兒穿著淡綠色的工作服、燈籠褲和膠底分趾靴，與他一星期前出外工作返鄉、第一個過來探望他們時的打扮一模一樣。拓兒臉上笑咪咪的。墨鏡男體格很壯，應該是在工地認識的，或是以前的生意夥伴。若是那樣，達夫不想扯上關係。拓兒應該要和他們斷得一乾二淨。「這麼勤勞。」拓兒腋下夾著書店的紙袋，大聲挖苦說：「你這種軟綿綿的動作，沒法幹工地活。」達夫暫時把十字鎬插進冰裡，脫下夾克，搭在肩上，整個人氣喘如牛。達夫叼了一根菸，用紙火柴點燃時，墨鏡男出聲說：「幸會。」達夫刻意加重聲音說：「多指教。」他扔掉火柴棒，迎視七、八公尺外的男人。

「多指教。」

男子掀起嘴唇露出門牙。他的態度頗客氣，聲音厚實。

「小直在嗎？」兩人一起走來，拓兒問道。他臉上布滿鬍碴，笑容和善得就像個孩子。達夫說「跟千夏去看迪士尼電影了」，深吸了一口菸。操勞身體後，尼古丁彷彿會鬆弛全身所有的肌肉。男子在達夫正面停步，說道：「我也想看。」

「你幾歲啦？」

拓兒的表情像是在譏嘲「真幼稚」。

「大人也可以看迪士尼啊。」

男子也不反駁，雲淡風輕地說。看來他很了解拓兒的個性。然後他也叼起了菸。達夫擦了根火柴，用手掌圍住遞過去，墨鏡男默默低頭接火。年紀大概跟達夫一樣，也許年長個兩、三歲。男子抬頭，筆直看著達夫，報上名字：「我叫松本。」墨鏡底下的右眼是混濁的灰，也沒有瞳仁。不是義眼。即使被人看見殘缺的右眼，松本也滿不在乎。他呼出煙來，開口道：「要看車子嗎？」

「馬自達Familia是嗎？」

「快報廢的老爺車嘍，再好的車種都沒差了。」

拓兒插口道。達夫訓道：「要買車的人是我。」松本短促地、開朗地笑了。拓兒以沾滿污泥的膠底分趾靴踹了一腳碎冰。

「我看看。」

公寓是兩層樓。達夫住的是從裡面數來第二戶。三人離開巷弄的日陰處，走出泥濘之中。

車子是亮灰色的雙門車，七〇年代初的車型。達夫叼著菸，手掌輕拍車體，繞了一圈。右門和左車燈旁各有一個高爾夫球大小的洞。在被大海環繞、不斷受到海風腐蝕的這塊土地，這種大小的窟窿很常見。不過也真虧這車子能開上這麼久。達夫打開車門，探頭看裡面，然後問：

「車檢呢？」

「做過了。到明年都沒問題。」

「名義呢？」

「太麻煩了，繼續放我名下吧。」

「好。那就只剩下保險吧？」

「沒錯。」

達夫關上車門，在柔和的陽光裡看著松本正常的那隻眼睛。近在身旁的大海在陽光中散發出濃密潮香。松本說明：

「引擎有點不好發動。阻風門拉久一點就行了。」

「很快就能上手吧？」

「應該。如果不行，打通電話給我，我立刻就來。還有，副駕駛座的固定器壞了。」

「什麼意思？」達夫問，拓兒又插嘴：

「車子開的時候，座椅會前後滑動。煞車的時候超慘的，我還差點撞到頭哩，所以必須兩腳一直踩得緊緊的。真是的，這種破銅爛鐵還敢賣人，到底有沒有良心啊？」

松本一臉愉快地鼓起腮幫子，默默看著這麼說的拓兒。這男人性情豪邁，令人很有好感。

「又不是開來泡妞的，千夏跟小直坐後面就行了。」

達夫拍拍引擎蓋說。再說，達夫說想買輛便宜的車，是拓兒介紹松本給他的。兩、三天前，拓兒打電話來，說有人買了新車，想賣掉原本開的車子，要不要碰個面？達夫二話不說，叫拓兒帶賣家來。拓兒只說下星期日下午兩點過去，就掛了電話，也不問問想賣車的人方不方便，真的很像他的作風。達夫當時想，或許那個人和現在的拓兒一樣，不受時間束縛。

「就算折價回收，也只拿得到兩萬。要是送去報廢，我還得倒貼兩、三萬。雖然也要看你的意思，不過如果你肯買，我會很感謝。」

「好，我買了。到我公寓來吧。」

大馬路上的陽光和煦，但不斷揮舞十字鎬而流出的汗水一下就乾了，身體開始發冷。達夫把菸蒂扔往泥濘，領頭走進窄仄的巷子。三名男人並排在一起，整條巷子就堵住了。途中達夫用指頭彈了彈拓兒夾在腋下的書店紙袋問：「週刊嗎？」

「少來了，你明知道我連報紙都不看的。」拓兒笑逐顏開地說。拓兒認得的漢字，其實連一般人的一半都不到。但小舅子那張晒得黝黑的臉笑容不絕，害臊地說：

「是買給小直的。」

「喏，不是有叫『寶貝』什麼的兒童雜誌嗎？」

「她一定會很開心。」

「是嗎？我跟店員問了很多。」

拓兒直率而單純地笑著。他在店員面前，或是收銀台前，一定也是這副模樣。想像那副情景，感覺頗溫馨。

三人從開著沒關的門走進鋪設混凝土的拖鞋處。玄關並排著裝煤油的塑膠容器、鏟子和嬰兒車。公寓樓下是約四坪大的木板地房間，樓上是各四張和三張榻榻米的和室，房租三萬兩千圓。距離拓兒和千夏母親住的鐵皮屋，走路約七、八分鐘。如果日照好一點，在這人口不滿三十萬的地方都市，價格還算是實惠。

四坪木板地房間有四人座餐桌椅、餐櫥櫃和冰箱、電視和音響。室內暗得連大白天也得開燈，儘管都入春了，煤油暖爐還得開上一整天，難怪千夏要埋怨。

「坐吧。」達夫對兩人說，從冰箱拿來三瓶啤酒，請拓兒拿杯子。拓兒在三人面前擺上杯子，達夫要他們自己動手。松本說「那我不客氣了」，便伸手開了瓶蓋。聽他的口氣，對於大白天就開始喝酒並不怎麼排斥。從他待人接物的態度來看，儘管話不多，但並不是個性陰沉的人。

被煤油暖爐適度溫暖的房間，最適合喝冰啤酒。達夫因為一直在揮十字鎬，喉嚨渴了，舒適的疲勞渴望水分。達夫感覺乾渴與疲勞都來自身體最深沉的部分。彼此再次互道「幸會」、「多指教」後，便喝開來了。接著松本換了副談正經事的口吻說：

「大概後天晚上，我會叫保險公司的人過來。」

「好。」

達夫喝光啤酒後，還想要更烈的酒。他從褲袋掏出五張萬圓鈔放在桌上，推向對面的松本。松本推回一張。「說好賣五萬的。」達夫並不可惜這筆錢。這是上星期六他賭賽馬贏來的錢。只要在一年後的車檢以前把車子開到報廢，還等於是賺到了。如果打算開上好幾年，他自然會去中古車行找狀況好的車，或咬牙貸款買新車。達夫想要這麼說，便望向松本，只見他墨鏡底下完好的那隻眼睛一瞬間顯現出老朋友般的笑意，宛如在說「小事就別計較了」。達夫點點頭，表示了解，把一萬圓鈔票塞回口袋。

松本將剩下的四張鈔票收進錢包。這時他想起來似的掏出名片：

「我剛才也說，引擎不好發動。如果搞不定，就打電話給我，我馬上過來。」

名片上的頭銜是「協和礦業有限公司　董事」。離開造船公司前，達夫也有名片，離職後便再也不曾收過別人的名片了。他毅然決然告別了那個世界。結果意外的是，自己選擇與拋棄的事物忽然眼花撩亂地交錯在一起，他無法判斷自己的決定是否正確。但他唯一明白的是，不必要的煩惱是沒有意義的。

「咦，達夫！董事耶。很了不起喔！」

拓兒沒有惡意地調侃旁邊的松本。

「其實我本來以為是之前跟你一起做擺攤生意的。」達夫說。

松本苦笑。拓兒回嘴說：「不管幹哪一行，都差不到哪裡去啊。」名片上除了印有自家住址和電話，還有東北小都市的聯絡處電話。達夫客氣地請教那聯絡處是什麼。

「我過世的父親有採礦權的礦山。」

「這傢伙是採礦的啦。」

拓兒以酒醉後愈來愈放肆的舌頭說，接著問還有啤酒嗎？達夫叫他要喝多少自己從冰箱拿。

「挖什麼礦？」

「主要是矽酸之類的。也就是水晶啦。如果是高純度的水晶，可以用來做光學儀器、玻璃或裝飾品。」

「只剩兩瓶欸。」拓兒不滿地雙手提著酒瓶回來，坐到松本旁邊。接著說：

「其實啊，這傢伙想要靠金礦大撈一筆，什麼水晶，他才看不上眼呢。喏，對吧？」

「幹我們這行的，只要在山裡頭待上好幾個星期，或多或少都懷有這樣的野望。」

「他說只要十噸的岩石裡煉出一、兩公克的黃金，就可以過上奢侈的日子嘍。」

「你知道拓兒以前擺攤賣什麼嗎？」達夫問。

松本自己倒啤酒，搖了搖頭，說他連拓兒以前是做什麼的都不知道，兩人是在鬧區的三溫暖認識的，今天才第二次碰面。

「你都不講自己的事嗎？」達夫問拓兒。

「他又沒問。」

「你以前在賣什麼？」

「高山植物。」拓兒說。

「什麼？」

「高山植物啦。開卡車去附近的山裡，連根挖回來。那時候流行過一陣子，本錢只需要汽油，穩賺不賠。」

「原來如此。」

「很好笑吧？」達夫也自己倒起啤酒，「不過這傢伙啊，比起買賣，更喜歡拈花惹草。他很用心地把那些植物照料得很好。」

「我可以想像。」

拓兒咂了一下舌頭，忿忿地說：「幹麼把我說得像老頭還是女人？」

不過剛認識那時候，拓兒真的就是這樣，完全不考慮生意成本，為了讓植物生根成長，投注心力、費盡心血。拓兒就是這樣一個人，那是拓兒內心向陽的部分。起碼我是這麼認為的。我透過他這向陽的部分，看到千夏以及當時臥病而現在已過世的岳父和岳母。不，看到的也許是快三十的我自己和周遭的世界。感覺這樣說才正確。

「山啊，山很棒呢。」

拓兒懷念地開口，又說：「我不久前還在外地幹活，成天挖地，回到這裡後，直到下個冬天出去外地前，也得在工地做工，真是煩死了。」但是他沒有要求松本帶他一起去礦山。儘管達夫和松本都看得一清二楚，其實他想去得不得了。

「聽說你是從造船公司離職的？」

松本刻意改變話題。達夫只「嗯」了一聲。「是那場知名的長期罷工運動的時候嗎？」松本又問。

「對。」

達夫完全不想提那時候的事。沒有什麼足以向外人道，沒必要責備他人，也沒必要自慚形穢。他離職了，夏天依然是夏天，他度過了一段適合夏天的生活。那個夏天，達夫透過拓兒認識了千夏一家人，是他的幸運。他覺得那是恍如十年前的往事了。

啤酒的醉意令拓兒變得快活。松本靜靜喝著酒，似乎察覺達夫不打算回答，便沒有再追問什麼。千夏應該差不多要回來了。小直看了迪士尼的老電影，一定心滿意足。也許她會興奮得兩眼發亮，一股腦地要把心裡頭所有話全部告訴他。

沒多久，松本便站起來說：「事情辦完，我也差不多該告辭了。」拓兒醉得不像話，挽留說：「還有啤酒啊。」

「我還有事要辦。」松本不理他。

「你是山中男兒吧？怎麼這麼不會應酬？」

「這跟山還是海有什麼關係？」松本委婉地拒絕，把車鑰匙扔給達夫。

「從今天起就是你的車了。」

「你要坐公車回去？」

「叫計程車。」

「是我牽的線，記得請客啊。」拓兒用聽不出是玩笑還是認真的口氣說。「好啦好啦。」松本也不拒絕，點了點頭。「我送你出去。」達夫起身，對拓兒說：「你好好顧家。還有力氣的話，去碎一下巷子的結冰吧。」

「我才不要哩。別管什麼冰了，去買酒回來吧。啤酒不過癮。我剛從外地回來，今天第一次跟達夫喝酒呢，咱們喝個夠吧！」

「好吧。」

達夫應道，和松本一起走出巷子。經過泥濘路面，往左彎去，來到海岸道路。兩人默默走著。海岸道路鋪了柏油，十分乾燥。路面被雪地用的鑲釘輪胎輾得坑坑疤疤的，也沒有殘雪。防波堤遮擋了視野，看不見海，突出海峽的山上還留有些許積雪。

「礦山生活怎麼樣？」

「起碼很合我的性子。」

「你跟拓兒真的是在三溫暖認識的？」

「嗯，我喝醉酒在三溫暖過夜，醒來的時候，他就睡在旁邊。」

沒什麼行車，也沒看到計程車。

「你小舅子也跟我很投緣。他不是個壞人，對吧？」

「是啊。」

「聽說你辭掉船廠工作後，進了海產工廠？」

達夫點點頭，後悔沒帶菸出來。他想起自己的職場。一早會有卡車載著冷凍烏賊過來。他們默默扛起凍結的木箱，將烏賊投入裝滿滾燙熱水的大鍋。地板因油脂而易滑，鼻腔充滿魚腥味。他覺得一整天在工廠忙碌幹活，這些味道便會從毛孔滲入全身，變成與生俱來的體味般，自皮膚散發出來。

「在那麼狹小的地方工作，換作是我，一定會窒息。」

松本別無他意地說。

「這要看人吧。」

「抱歉，我沒有批評的意思。」

沒必要道歉。達夫沒有說出口，而是問：「你下次什麼時候要去礦山？」

「五月。」松本答，接著說：「你注意到了吧？」

他從墨鏡鏡片上點了點灰石般的眼睛。

「爆破弄傷的嗎？」

「對。萬一射過來的是更大一點的石頭，丟掉的就不只是一隻眼睛了。也有人當場死亡。但是每回上山，我還是會興奮難耐。」聲音還是一樣沉穩。

「你太太一定也很擔心吧。」達夫望著等不到計程車的馬路。

「離婚了。不過偶爾還是會碰面。」

堤防另一頭傳來海浪聲。快漲潮了。一輛黑色計程車從機場方向駛來，松本舉手攔車，接著冷不防說：

「其實你並不滿足吧？」

「怎麼說？」

計程車停了，車門打開。松本欲走又停步：

「只是這麼感覺。下回再見吧。替我跟拓兒招呼一聲。」

松本坐進計程車，車門立刻關上了。他告訴司機目的地。車子駛離時，松本舉起一手道別，達夫也舉起一手。計程車往鬧區方向消失後，他覺得潮香更濃重地充斥四下，感覺就好像被拋下了一樣。怎麼會這樣？達夫搖搖頭，往居家修繕商店對面的酒行走去。

＊

拓兒喝得爛醉。有五個月沒看到他的醉態了。他連過年都沒回家，讓千夏受不了地埋怨：「他到底在幹什麼？」一如既往，是那種不知節制的喝法。拓兒在東京的工地宿舍一定也是這副德性。

拓兒灌著燒酒，開心地說：「五月我也要跟松本去挖水晶。」那口氣簡直就像期待畢業旅行的高中生，難以想像是出自只比達夫小一歲的三十一歲男人口中。雖然用不著問，但達夫還是問了句：「松本答應了嗎？」「還沒有，不過他一定會答應的。他怎麼可能拒絕？」拓兒認真得可怕。

「採礦跟挖高山植物可不一樣。」

「有什麼不一樣？只不過是草變成水晶罷了。」

拓兒想得很輕鬆，甚至還熱情地邀達夫一起去。

「採礦是男子漢的工作。松本不也是這樣說嗎？搞不好挖到的不只是水晶，還有可能挖到金礦呢。」

達夫真的很想訓他幾句。那跟你之前偷雞摸狗的買賣可不一樣，不是扛著一把鏟子，隨便上哪座山就可以亂挖的，任何人隨便想想都知道，採礦要充分調查，還得依據調查來申請採礦權，就算真的拿到採礦權，還需要機械和大筆資金、爆破和開怪手的技術，以及不管遇上任何狀況都不屈服的過人堅毅，除了這些，還有其他更多的條件。

但不管拓兒再怎麼強烈要求，達夫都不認為松本會輕易點頭。松本的年紀應該只比自己大幾歲，但他既大膽又謹慎。否則雖然不知道有過什麼樣的經驗，但不可能只因為在三溫暖聊過幾句，就跟這傢伙這樣親近。

達夫想到這裡，心想也沒必要刻意去破壞拓兒的美夢，便默默地任由他說。拓兒醉得更厲害，心中的大餅愈畫愈大。

「欸，這可是不折不扣的男子漢工作。達夫，你也不想在那種臭兮兮的加工廠，成天跟打零工的大嬸打交道，一輩子扛冷凍烏賊吧？」拓兒這樣說。

達夫想起松本臨別時留下的話：「你並不滿足吧？」這話也並非錯得離譜。達夫也反芻起松本搭計程車離開後，潮香不意間籠罩全身，讓他覺得彷彿被拋下的那股奇妙情緒。就連離開在造船公司堅持長期罷工最激進的青年部時，他也不曾有過這樣的感受。

他想起兩年前過世的拓兒與千夏的父親，裝作若無其事地提起這件事：

「你爸一輩子拉手拉車做回收，直到站不起來為止，對吧？」

「幹麼突然說這個？」

「你怎麼想？」

「廢物一個。」

拓兒撇開頭，結實的下巴緊繃起來，盯著牆壁看。那張臉毫無疑問是年過三十的男人面孔。拓兒將各種複雜的情緒揉雜在一起說：

「我爸的確是個廢物，但他是個男子漢。」

拓兒用喝醉的混濁眼睛望過來，好似挑釁。達夫的身影倒映在那雙眼睛裡。達夫想，**拓兒眼中的我在看我**。自己能說拓兒什麼？不該提起岳父的，太輕率了，而且卑鄙。真是後悔莫及。達夫就像對小舅子混濁眼中的自己說話似的開口道：

「挖水晶也不錯。」

「就是說吧？你也這麼想吧？我一定要去。」

「嗯，做喜歡的事是最好的。」

「然後下一步就是挖金礦。十噸的岩石裡，只要有兩公克的金子就夠了。」

拓兒輕易恢復了好心情，興奮地說。這時玄關門打開了。「拓兒，你來啦？」千夏邊招呼邊進門。「嗨，姊。」拓兒也對一星期不見的姊姊開心地說。小直背在千夏身後，睡得正熟。

「她在電影院開心得又叫又跳，結果等公車的時候睡死了。」千夏重重地嘆著氣說：「一整個星期都不見人影，你到底死去哪裡了？而且聽說有時候你一整晚都沒回家，媽在跟我抱怨。」

「我在東京都住工地宿舍耶。讓我瘋個一星期也不過分吧？」

「所以你從大白天就開始喝酒？」

「上次沒機會跟達夫喝嘛。」

「妳先抱小直回房間睡吧。」

小直的臉埋在千夏的肩窩裡，睡得渾然忘我。她手腳軟軟地垂著，一副徹底安心地沉睡。「好。」千夏應道，就要走上廚房旁邊的樓梯，又想起來似的回頭，問達夫：「外面就是你說的車？」

「還可以吧？」達夫說：「而且人家算我四萬。」

「沒什麼好埋怨的呢。」

千夏背著小直走上樓梯。

「還是老樣子，真囉唆。」

拓兒怪里怪氣地笑，含了口燒酒，似乎想著什麼。也許是想像自己在礦山工作的模樣。「怎麼了？」達夫催促地問。

「沒有啦。」拓兒說，脫下淡綠色的工作服，捲起底下的毛衣袖子，再次灌起燒酒，「只是覺得她完全成了個主婦。之前根本無法想像她會有這樣的一天。」

兩人同居了幾個月，便去辦了登記結婚。那時候拓兒吵鬧不休，頑固地堅持姊姊應該像一般女人那樣有一場婚禮。

「我們不需要那種東西。」千夏再三安撫說。當時千夏肚子裡的小直已經五個月大了。「我是希望姊姊能有一場像樣的婚禮。」拓兒非常嚴肅。「我明白你的心情，不過我們這樣就很好了。」千夏諄諄勸解。那個時候達夫有說什麼嗎？他覺得自己只是默默地聽著姊弟的對話。最後拓兒不甘願地接受了。不過他喝得爛醉，對達夫糾纏不休，警告說：「要是你敢讓千夏不幸，我絕對饒不了你。」「拓兒，要是我不幸，那也是我跟他一人一半啊。所以我才會和達夫相守至今不是嗎？」那個時候，千夏堅定地這麼說。

千夏很快就下樓來了。她在拓兒旁邊的椅子坐下，點燃香菸。「小直變重了。」她深吸了一口菸。「來一杯吧。」拓兒向姊姊勸酒。

「我要啤酒。」

「拓兒說妳完全成了個主婦。」

「你敢亂講，小心皮癢。」

千夏為自己斟啤酒說。

「姊，我說真的啦。」

「我都有老公了，不是主婦是什麼？」

千夏咕嚕嚕灌啤酒。

「不講這個，你這次出去外頭怎麼樣？」

「工地的工作到哪裡都一樣啊。」

「這次可以一起待到下個冬天吧？」

「說到這個……」

拓兒的眼睛亮了起來，達夫想制止他繼續說，但這只會白費工夫。千夏遲早會知道。千夏眯起眼睛，等拓兒說下去。那眼神狐疑，充滿戒心。

「其實我想去東北的山上。」

拓兒毫不理會，志得意滿地說。

「你該不會又想回去重操舊業吧？」

「不是啦，姊。哎唷，女人不會懂啦，達夫，對吧？」

「你臭屁什麼！到底是什麼事啦？」

千夏轉向達夫問。

「今天賣我車子的人是採礦的。」

「沒錯。我要跟他搭檔，一起挖水晶。」

拓兒兀自點頭，語氣熱烈。在拓兒的腦中，他已經是個在礦山自由自在地幹活，獨當一面度過充實生命的山中男兒。

「總之，」拓兒沉醉在自己的話中，繼續說道：「我已經不是過去整晚挖馬路的我了。」

「哪裡不是了？白痴。只不過是挖水晶罷了，想得美哩。」

「姊就是這樣。妳也整天挖馬路看看就知道了。」

「隨你的便。我可不會因為你是我弟就阻止你。」

「而且不只是水晶喲，達夫，對吧？我會挖到更厲害的東西給妳看。」

拓兒更加漫無邊際地讓夢想膨脹。千夏望向達夫，達夫默不作聲。「太幼稚了」，要這樣評斷是很容易，太容易了。他發誓什麼也不說。千夏交互看了看弟弟與達夫，刻意漫不經心、冷淡地問：「那你是要挖什麼？」

「金礦。」

「你是腦袋秀逗了嗎？哪來的金礦？」

「拓兒心裡面有啦，別說了。」

達夫開口想制止千夏，語氣卻變得意外地嗆。千夏盯著達夫，把菸蒂掐熄在菸灰缸裡，應道：「是啦，拓兒心裡面有啦。」拓兒用醉得發軟的身體不停點頭：「有啦，有啦。只要讓我挖到金子，就可以擺脫從小到大的窮酸生活。我要讓世人刮目相看。我才不會忘記他們都罵我們什麼。我絕對要挖到金礦。我不會忘記爸是怎麼死的。我一定要憑一己之力大賺一筆。在那之前要先挖水晶。」

拓兒傾注所有感情，說個不停。千夏也不再嗤之以鼻或澆他冷水。拓兒到現在還是控制不住自己，從認識的時候就是這樣。這麼一想，達夫腦中真的浮現拓兒默默汗流浹背，在烈日曝晒下不停挖礦的模樣。想像拓兒在樹木的綠蔭下，在草葉窸窣聲、爆破聲和鑽岩機呼嘯聲中度過人生最為充實的光陰也不賴。其實別說是金礦，即便只是純度極低、只能拿來作為掩埋用沙礫的水晶層也一樣。就算松本是個冷靜理智的人，絕對不會拉拓兒這種人入夥也一樣。

「那樣的話，拓兒，」千夏配合弟弟的口氣說，一副沒當真的口吻，「我期待你一夜致富喔。」

「好，包在我身上！」

拓兒就像被美夢沖昏了頭，燦爛地點點頭，彷彿先前那陰沉扭曲、他人無法觸碰的感情已經不曉得丟去哪裡。無論是日陰或向陽，兩邊都是拓兒，沒辦法只和其中一邊打交道。松本那種人則另當別論。從松本今天的應對方式就能明白，他已經看透同時處在兩邊的拓兒。

達夫認真考慮要委婉地拜託松本帶拓兒上山。

拓兒這才想起，把書店的紙袋拿給千夏說：「我買了雜誌給小直。」「你去了書店？」千夏從袋中取出封面花稍的幼兒雜誌，發出姊姊般的笑聲。「果然很好笑嗎？」拓兒又頻頻害臊起來。「才不會呢。」千夏加重了語氣說。達夫覺得好久沒聽到兩人像姊弟的對話了。千夏起身去廚房。

「拓兒，你今天留在這裡吃晚飯吧。」

「好啊。我好久沒吃到姊做的飯了。」

「如果你真的要跟那個人去礦山，至少在那之前好好陪媽吧。媽從以前就最疼你了。」

「好。」

達夫想試開一下車子。他手中把玩著松本留下的車鑰匙。拓兒老為他斟燒酒，害他沒辦法醒酒。車明天再試好了。

「下星期放假，一起開車出去吧，也帶媽一塊去。」

達夫對在廚房準備做飯的千夏說。

「這點子太棒了。小直跟媽一定會很開心。」

千夏邊洗米邊說。「要出門的話，去開闊的地方比較好，像東京就真是擠死人了。」拓兒說。「那樣的話，」達夫說了個距離這裡車程四小時的湖泊。「現在的話，應該也沒有觀光客。到了夏天就會擠滿從東京騎機車來的年輕人。」「那裡好。」拓兒贊成。千夏俐落地洗米，「我也想要釣魚。」她以安閒的聲音說道，然後說：

「拓兒，如果你想去礦山工作，起碼應該考個駕照吧。」

＊

兩天後的晚上，達夫等松本七點過來。

前天晚上他試開了車子，但引擎比想像中更難發動。他插進鑰匙，拉了好幾次阻風門熱車，但還沒踩油門，引擎就先斷氣了。他自認為已經耐心熱車了很久，但車子就像頭頑固的老牛，只前進了兩、三公尺就停步，令他束手無策。「但松本確實是開著這輛車載著拓兒過來的，我不可能搞不定它。」達夫這麼告訴自己，卻是白搭。最後達夫咒罵：「這個廢物！」雙手同時拍打方向盤。接著嘆了一口氣，掏出名片打電話給松本。

「果然。」松本在電話裡爽快地說。「看來除非你出馬，否則千斤頂也奈何不了它。」達夫打趣道。「我倒不記得我有多珍惜它。」松本也笑著應道。「總之它好像只認你一個人了。」達夫也跟著笑道。松本應道：「也許吧。我明晚七點過去府上。」

千夏在一旁聽到對話，評論說：「你那口氣好像在跟老朋友說話。」確實，仔細想想，就像千夏說的。明明只見過一次，卻感覺已經相知多年，真是奇妙。千夏的眼中顯露戒心，也許是擔心那過於親密的電話語氣。千夏緩緩提起前幾天拓兒醉後說的話，「我也不是認真把他那話當一回事，但就算那個叫松本的要帶拓兒去礦山，你也要設法好好回絕人家。那孩子只是在痴人說夢，你懂吧？」

達夫很想反駁：「不管那是什麼夢，總比完全沒有夢要來得好吧？」但沒有說出口。因為他明白千夏這是雙重意義的警告，不光是在說拓兒，也是在叮嚀達夫。達夫曖昧地點頭應了一聲。但他拜託松本帶拓兒去礦山的心情依舊不變。如果千夏得知，肯定會暴跳如雷。無所謂。接著達夫說：「不要再叫拓兒『那孩子』了。我知道你們姊弟倆感情好，但他都已經是三十一歲的大人了。」千夏沉默了一下，應道：「好啦，我會照你說的做。」

距離七點還有十七、八分鐘。白天在水產加工廠勞動的疲勞累積在身體深處。小直在做幼兒雜誌附錄的紙電話勞作，上面印有流行漫畫的角色圖案，做得既開心又專注。有些地方她搞不定，千夏幫她摺起需要摺的部分。

達夫戴上耳機，聆聽許久沒聽的埃里克．多爾菲[1]的薩克斯風演奏。這是他還過著單身生活時唯一的樂趣。靠失業保險和離職金遊手好閒的時期，還有和千夏游泳度日的夏天，當他一個人在公寓時，大部分都是像這樣消遣時間。那個時候他們就快邁入三十大關，青春即將逍逝。音樂、海水浴、在海邊的愛撫與陽光，就是一切。千夏忘了前夫的名字，也沒必要想起來，從此以後都沒有必要再想起來。被那傢伙痛揍一頓以後，達夫仍去了夜市三次，每次都遭到凶暴的拳打腳踢。達夫沒有還手。第五次的時候，那傢伙再也受不了了，直說：「你這傢伙真硬，難怪千夏會看上你。」其實達夫每次挨打，總是想著這點程度的力道，他隨時都可以輕易折斷對方一條胳臂。後來一切都煥然一新了。達夫在去年夏祭巧遇那名男子，並沒有搭

1　埃里克．多爾菲（Eric Dolphy，一九二八—一九六四）：爵士樂手。能運用多種樂器演奏，在爵士樂領域帶來許多突破。

話、沒有笑，也沒有頷首，對方也一樣。

音樂聽起來十分新鮮，他享受著解放感，覺得自己逐漸融入音符裡。千夏得知他會聽音樂時，像個小姑娘似的睜圓了眼睛說：「我還以為你只是個粗人。」粗人，這形容倒也不錯吧，他只是未曾揭露自我。

達夫聽完一張，正在思考接著要聽哪一張時，松本來了。他穿著和上次一樣的夾克，夜裡也戴著墨鏡。松本站在玄關沒進來，千夏為車子的事向他道謝，還說「麻煩你多照顧拓兒了」，活像母親的口吻。「哪裡，車子的話，反而是我該道謝才對。而且拓兒真的是個好傢伙。」松本誠懇地說著。達夫摘下耳機，關掉音響，走到玄關。

「怎麼樣都不成功嗎？」松本笑道。

「是啊，我束手無策。」

「現在就去看看吧。」

「請先坐一下吧。」千夏說。「不，還是速戰速決的好。」松本搖頭說。達夫把鑰匙揣進口袋，就要穿鞋。「晚安。」小直在背後大舌頭地打招呼。「妳好，晚安。」松本放柔了嗓音說。

「我去去就來。」達夫說完便走出屋外。空氣很冷，四下充滿濃密的潮香，比平常濃郁許多，幾乎讓人誤以為浪頭就在腳下。

「你女兒真可愛，而且不怕生。」

松本和他離婚的前妻之間有孩子嗎？這個問題閃過達夫腦中。

「看樣子要颳起山背風了。」

「大概吧。」達夫走近車子說。

沒錯，今晚或明天就會天氣驟變，颳起山背風。強風毫不留情，街上的人只能默默承受，等待它離去。

「你有拉阻風門，徹底熱過引擎嗎？」

「我足足熱了一分鐘。」

「那樣不夠，現在這時節更不夠。好，你試一次我看看。」

兩人坐進車子。達夫插入車鑰匙，拉動阻風門，邊轉車鑰匙邊踩油門。引擎低吼，整輛車子震動起來，兩人的身體微微顫動著。

「我搭公車來的，」松本搭話說：「這裡的公車太慘了，居然一小時只有一班。」

「從以前開始，這一帶就差不多被街上拋棄了，這你也知道吧？」

「但一小時只有一班太慘了。」

「所以我才想要有自己的車。」

路燈稀疏，道路陰暗，就和公車一樣。從這一帶到千夏娘家和焚化爐，以前是一片沙丘。「我們小時候的那片鐵皮屋去哪了呢？」松本不經意地提起。達夫本來想說「還有一戶，拓兒的家還留著」，但作罷了。松本不再說什麼。兩分鐘過去了，松本依然保持沉默，一句話也不說。不管長達幾小時的沉默，他應該都耐得住。感覺是在礦山工作中養成的寡言。

前前後後三分鐘過去了。「試試看吧。」松本總算開口。達夫拉開手煞車，打到低檔，接著踩下油門，車子駛了出去，然而前進不到兩、三公尺，引擎很快就熄了。達夫嘖了一聲。

「就會這樣。」他對松本說：「我是哪裡做錯了？」

「油門踩得不夠。轉鑰匙的時候，要同時一直踩到底。這樣應該就沒問題了。」

「好，我再試一次。」

達夫依照指示，這回蹬直了腿似的持續踩著油門。「就是這樣。」松本說。達夫感覺到引擎漸漸暢快地開始運轉。他重複剛才的動作。稍微放開離合器，車子流暢地動了起來。達夫感覺到扎實的反應，難以相信這次能順利駕駛。只是這點小事，痛快的笑聲就幾乎要衝上喉嚨。

「這樣就對了，懂了吧？」松本在副駕駛座說：「接下來身體自己會記住。」

達夫兩、三下就駕馭了車子，簡單得出乎意料。這麼一想，昨晚試車時的氣憤近乎滑稽。

車子往左彎去，從海岸道路開往鬧區，直到河口。經過河口，就是鬧區外圍。

在河流擠開大海灌入的河口處，海潮聲在黑暗深淵裡加倍回響著。松本說：

「我直接送你回去。」

「在市營球場讓我下車吧。」

「我可以繞點路嗎？我想練習一下。」

「沒問題，只要能到就行。」

松本接著問：「你幾年沒開車了？」達夫答道「四年」。儘管睽違許久的駕駛令他有些緊張，卻也充滿了解放感。車子很穩定。松本教導的那套竅門，一連串的動作不能在任何一個環節即中斷。很容易，車子已經完全屬於我了。這一年就把它開到報廢吧。「看不出有四年沒開了呢。」松本語氣懷疑地說。事實就是如此。從造船廠離職時，除了音響以外的東西，達夫全部處理掉了。還有約五十張唱片。達夫說出這件事，松本回應：「原來如此。偶爾我也會有這種衝動，想把書桌抽屜徹頭徹尾清理乾淨。」

也許松本是在說離婚的事，但達夫認為沒必要知道分開的理由，只說「很恰當的比喻」。車子經過河口與廢校的國中，往右彎去，集中於鬧區的燈光在視野中極近之處擴散開來。不過相隔一個街區的路口，差異便如此之大。在那裡，街道不會沉眠，也不會死去。難以置信的熱鬧就在五彩繽紛的光渦之中。達夫重新想了想，處理掉音響以外的所有東西後，他決定住在被市街拋棄的地方，而且是和千夏一起。這不是什麼了不起的決定。沒錯，只是整理了書桌抽屜罷了，只是這樣而已。在一起的時候，他只要求千夏別再做特種行業，她也答應了。也就是說，那個夏天結束時，千夏也將書桌抽屜清理好了。

車子在鬧區第一個十字路口等綠燈。路面電車摩擦出七彩火花，彎向渡輪碼頭的方向。馬路上到處都是人。走進巷子裡，應該會碰到許多醉漢。「我有事想跟你商量。」達夫開口。

「什麼事？」

號誌轉為綠燈了。

「是拓兒的事。」達夫開往市中心說：「其實他想去你的礦山工作。」

「這沒問題，我會設法回絕他。」

「別誤會，正好相反。」

車子追上路面電車，緊貼在電車旁邊行駛，隨即超過。

「一次就好了，可以讓他去你那裡工作嗎？」

「我一開始就明白你那小舅子總有一天會開口。從在三溫暖認識他的那天早上就知道了。不過我還以為你會制止。」

被東京大資本收購的百貨公司已經打烊，但仍用大量的照明在黑夜中打亮建築物。

「你的意思呢？」

「我們的工作不是單純的工地工程，也不是可以抱著一夜致富的美夢去幹的差事。」

「最初我本來想阻止。」

「為什麼改變了心意？」

車子跟著幾輛計程車一起進入站前圓環。車況一直很穩。繞了一圈後，再次回到鬧區。

「心意本來就會改變，不是嗎？」

「他也不能這樣變啊。你小舅子不適合這一行。」

「所以一次就行了。」

車子再次經過打烊的百貨公司。百貨公司在夜裡也大放光明，是被收購以後才開始的事。

「我也老實講吧。」松本說：「如果你願意做我的搭檔，要我現在說好也行。想邀約的反而是我，但你應該不會輕易說好吧？」

「現在不是在說我，而是拓兒。」

自助汽水店二樓的玻璃牆內坐滿了少年少女，就像以前的他那樣。他們吱喳談笑，俯視著馬路，嘴唇被霜淇淋沾得油亮，無憂無慮地笑著。達夫可以清楚想像那景象。達夫彎過自助汽水店的轉角，開進公車道。

「給我個答覆吧。」

達夫轉動方向盤，執著地催促說。

「你太太也是同樣的想法嗎？」

「不，她反對。」

「太讚了。」松本哈哈大笑，又不停地說「真是太讚了」，接著答道：「好，就一次。真是敗給你了。我會替你向你太太保密。」

「麻煩你了。」

「回到剛才那件事，你願意跟我合作嗎？」

「可能性不大。」達夫搖著頭，想起三天前他強烈感覺到自己出現在喝醉的拓兒眼中。

「心意不是會改變嗎？」

松本打諢地說，顯得很愉快。公車道漸漸暗了下來。達夫很滿意車子的表現，思考前往市營球場的路線。在這個市街，他可以一瞬間想出抵達任何地方的路線。他覺得在這裡度過三十二年又數個月的時光阻擋在自己面前。這與他送松本去招計程車，覺得自己彷彿被拋下時那種奇妙的情緒總有些相似。我已黏死在這裡了。想要去礦山的，搞不好其實是我。那麼，達夫想，松本早就看透這一點了。達夫加快車速。

*

黃金週連假近了。公寓前的巷道也已徹底乾燥。對此最開心的是千夏。面對海峽的山地開始被茂密到近乎礙眼的綠葉所覆蓋。觀光客即將造訪，三個月後將到達顛峰。街上會充滿活力，觀光客從山上的展望台遠眺細長的市街夜景，天真無邪的讚嘆與喝采充滿展望台的休息室。而達夫的公寓、拓兒的老家，以及松本的家，也被織入了塑造夜景的光群之中。

萬里無雲的好天氣持續著。懸鈴木行道樹也甦醒過來，轉眼間便張開了葉子。大海很平靜，蒼白而閒適地擴展在堤防的另一頭。馬路也都乾了。這是被大雪封閉的一切事物全都重新開始呼吸的季節。

然而達夫的生活沒有變化，也不想要變化。每天朝九晚五，在水產加工廠搬運魚貨，週末則漫無目的地開車四處跑。除了有一次休假載著拓兒和岳母，全家兜風四小時去看湖以外，絕大多數都是他一個人。自從松本來過那一晚後，車子一直很穩定，沒有半點問題或熄火，實在物超所值。

上礦山的時期近了。後來松本沒有任何聯絡。拓兒急得連旁人看了都覺得好笑。有時和達夫兩個人獨處時，他還會疑神疑鬼地說：「松本那傢伙不會搶先我，一個人上山吧？」達夫說：「哪有什麼搶先可言？松本已經答應要帶你去礦山了。」拓兒聽到這話，簡直歡天喜地，達夫想到他這種反應，實在沒辦法隨便打發。他忘不了傍晚把拓兒叫到街上，告訴他這件事時他的表情。拓兒穿著工人的燈籠褲，晒得黝黑的臉開心得皺成一團。「這樣啊，大哥替我說了嗎？大哥果然是大哥，太感謝了。」拓兒一再地說。當時達夫說「不必謝」，然後再三叮嚀：「上了山，要好好聽松本的話，就連他那麼厲害的人都失去一隻眼睛了。還有，在實際出發前，絕對要向千夏保密。」「你瞞著姊嗎？」拓兒有些皺眉。「沒錯，就瞞到出發前。」達夫強調。「好。」拓兒點點頭，接著又天真無邪地眉開眼笑。

每當拓兒焦急，達夫就安撫他：「別擔心，松本是個守信用的人。」接著解釋松本應該是有什麼理由，大概是器材不齊，或是必要的人和資金不夠。結果拓兒說：「所以才說達夫你人太好了。世上的人啊，都會滿不在乎地撒謊。我從小到大，經歷過太多啦。」語氣這般乖僻，一點都不像他。「不過我也是世人之一啊。」達夫這麼反駁說。拓兒說「你不一樣」。「既然如此，就相信松本，再等一會兒吧。」達夫說，言外之意是叫他別再囉嗦。

至於千夏，她每次看到拓兒，就催促著問：「還沒在這裡找到工作嗎？」「都多大的人了，到底要遊手好閒到什麼時候？媽也很擔心你啊。」

這種時候，拓兒總是回說：「別瞎操心啦。我有工作，正在等對方聯絡。而且比起姊，我自己更急好嗎？」這藉口實在太糟了。

今天拓兒一如往常，穿著膠底分趾靴和燈籠褲晃來家裡時，千夏忍無可忍，逼問道：「你到底是在等什麼工作的聯絡？」拓兒陪著小直，趴在地上堆著五顏六色的積木。瞬間他露出不知所措的表情。只見他趴在地上抬起頭，含糊地說：「簡單說，是比工地好賺好幾倍的工作啦。」「是喔？有那麼好的事喔？」千夏看達夫，那表情就像早已看透一切。小直抱住拓兒的手臂：「舅舅，蓋米奇的家。」「好、好。」拓兒以粗壯的指頭拿起積木，突然以走調的破嗓唱了起來：「誰是我們俱樂部的隊長……」這是小直最喜歡的歌，卻因為走音太嚴重，教人發噱。但小直還是拍著手，跟著舅舅尖起嗓子唱：「米奇、米奇，就是米奇……」千夏瞪著達夫，表情在責怪「你知情不報」。拓兒和小直不停地唱「誰是我們俱樂部的隊長」。

「真拿你沒辦法。」千夏說。

現在達夫認為，一直想要走出向陽處的拓兒前往礦山，絕對不是一件無意義的事。

很快地，黃金週連假開始了。住在搭乘渡輪四小時半的海峽另一頭、與任職於總公司在東京保險公司的丈夫一同生活的妹妹突然來信。幾乎是睽違半年的音訊。

哥、千夏大嫂和小直都好嗎？外子突然要調派外地，由於地點在岡山，這個時期的異動又十分罕見，所以我懷著匆促的心情寫下這封信。是因為岡山的人員突然有了缺口。其實至今為止一直都沒有調動，我也覺得很奇怪，既然是公司安排，這也是沒辦法的事。我原想在黃金週去給爸媽掃個墓，順道拜訪你們，但事發突然，無法相聚，真的很遺憾。

文章中規中矩，語氣有些生疏，應該是意識到千夏也會看信。最後的結語是：

我很感謝哥替爸媽蓋了墓，你一定覺得我這個妹妹很煩吧。如果可以，希望能讓過去的一切前嫌盡釋，言歸於好。希望哥哥和大嫂能夠幸福。

前嫌盡釋？既然妹妹這麼說，那很容易。若要和好，一切都沒什麼好計較的，反之亦是如此。總之就是這麼回事。千夏說她想讀，達夫便把信交給她。「岡山？好遠呢，以後要見面就不容易了。」千夏喃喃道。

妹妹想讓父母安葬在這塊土地的執著究竟是什麼？他依照妹妹的希望，用離職金在市區西側的山地興建的公墓買了一塊地。當時他和千夏還在同居。那是一塊平緩的山坡地，清除樹木後，種上成片的草皮。每一區之間有混凝土道路相通，視野最為遼闊的地方，設有玻璃牆的管理事務所。墓地尺寸矮小精巧，樣式整齊畫一，踏進墓園一步，根本看不出哪一座是父母的墓，就像燦陽底下的骨牌。若想找到墓碑，則需前往管理事務所，告知名字，女職員就會翻開資料夾，報出墓地編號。

安排好墓地，將寄放在寺院的骨灰安葬進去後，妹妹渡過海峽來訪了一回。

當時是夏天，大雨橫掃。妹妹在那時候第一次見到千夏。起初妹妹似乎頑固地拒絕接受千夏。如果妹妹一直是這種態度，達夫打算對她說，彼此都已經是大人了，可以活在自己的選擇中。在毫不留情的大雨中，住持誦著經，千夏為住持打傘，自己淋成了落湯雞。妹妹是什麼表情？想不起來了。應該是因為達夫沒怎麼仔細看她吧。妹妹很不滿達夫選擇和千夏在一起，還有他現在的水產加工廠工作。妹夫以前任職於這裡的分行，由於職業關係，人面很廣，再三說要為達夫介紹更有前途的公司。妹妹也一再寫信來，說哥哥應該還有更適合的對象，何必跟那種不三不四的酒家女在一起？達夫真的很不想理妹妹。他看透了妹妹的真心，簡單寫了回絕的信。如果妳只關心一個人的生長環境和工作，那是妳的自由。我自認為能理解人心不是那麼單純。不過，沒有人能為了你們的體面而活。不好意思，我的工作我自己會決定。適合妳的，不能說也就適合我。達夫心想，自從分開生活後，兄妹的對話便淨是這些。也只能苦笑了。妹妹只回了一張明信片：隨哥哥的便。

納骨結束後，妹妹住了兩天。回去時，達夫送她去渡輪碼頭。「多保重。」達夫只說了這麼一句。妹妹回說「哥也是」，沉默了一下，接著開口對一起來的千夏說：「有機會請一定要來玩。」然後語帶玩笑地提出和解：「哥是個怪人，不過請好好跟他相處。」「我是這麼打算。」千夏只這麼答道。那個時候，小直的生命已經在千夏的體內萌芽了。

千夏讀完妹妹相隔半年的來信，說：「要是能在調去岡山前見上一面就好了。」傾盆大雨中的納骨，很適合有如路倒的父親。拓兒的焦急、千夏的真心、妹妹與妹夫的調任。黃金週就這樣結束了。

拓兒到現在還沒有收到出發的通知使他急躁與日俱增。五月底的週六夜晚，酒醉的拓兒打電話哀求達夫直接去催松本。拓兒醉了，口氣憤憤不平，卻又不敢主動開口。既然如此，也只能好人做到底了。

「好吧，晚點你再打一次過來。」

「達夫，謝謝你啊。」

「沒什麼啦。倒是你可別喝太多。要叫千夏聽嗎？」

「不用了，只會挨罵。」

達夫放下話筒，從錢包掏出松本的名片，原想撥號，又打消了念頭。他把車鑰匙塞進口袋，對千夏說：「我出去兜個風。」「真是的，跟拓兒兩個人鬼鬼祟祟，到底在打什麼鬼主意？」千夏自言自語地說，達夫不理她，走了出去。五月都要結果了，但夜裡仍有寒意。即使如此，在這北方的地方都市，春天仍是春天。

開車到鬧區後，把車停在立體停車塔，走出戶外，從有兩家貸款公司進駐的住商大樓街角踱向廣小路。經過中央噴泉，走進色情電影院前的電話亭。裡面擺了三種夜總會和約會俱樂部的傳單。他拿起其中一張，其餘的拂到地上，打量傳單上幾近半裸的年輕女人面孔。上面印著陳腔濫調的甜蜜誘惑詞句。他把傳單擺在電話上，拿出松本的名片放在一起，按下他的住家號碼。看在行人眼中，也許他就像個離開色情電影院後，準備打電話花錢買女人的男人。

松本立刻接聽了。「我是達夫。」他報上名字，先打趣了一下：「週末夜晚怎麼蹲在家裡？」松本也覺得好玩地回道：「已經不是十幾歲的少年郎嘍。」「已經成長了許多，是嗎？」達夫打諢說。松本笑了起來，說：「也許吧。倒是你打來有什麼事？」達夫捏起約會俱樂部的傳單，念出店名和甜蜜的誘惑廣告詞，說：「其實我本來想打電話去這裡，忽然想到你。」「咦？太不會享受了吧？」松本調侃著，便了然於心地說：「看來在你去那家店之前先碰個面比較好呢。你在哪？」

「廣小路。」

「好。三溫暖前有一家搖滾咖啡廳，你在那裡喝個啤酒等我吧。可以吧？今天可是週末夜。」松本打從心底愉快地說。他說出店名，補了一句「去就知道了」。達夫說「了解」。

達夫離開電話亭，把印有媚笑女人的傳單丟到路邊。說到三溫暖，街上只有一家，就在重新改建的嶄新洋片電影院那條路上。現在應該在播放幾年前的馬丁．史柯西斯的電影。

達夫經過廣小路，來到路面電車經過的街道，從三層樓的書店轉角走出三溫暖所在的馬路。他一下就找到咖啡廳了。店很小，但有幾名年輕人，充滿了閒適的氛圍。那些人會點上一杯咖啡或一瓶啤酒，賴在店裡聽上好幾個小時的音樂。以前他喜愛的曲子已經銷聲匿跡，店裡充滿全新的曲風。他覺得自己好久沒走進這種店了。船廠的罷工長期化，鬥爭愈是激烈，我就愈渴望音樂。當時的自己，年紀和聚在這裡的年輕人相去不遠。即使這麼想，也沒有半點感慨。他想點肉桂茶，但結果點了純琴酒。他本來想點雙份，但想到回程還要開車。久違的琴酒和全新的音樂刺激著舌頭與味蕾，很快就會舒緩身體。他望著對面三溫暖的霓虹燈與電影院招牌。

他啜飲著琴酒。很快地，松本穿著那件皮夾克現身了。他在門口找到達夫，舉起一隻手，目不斜視地走來，在他對面坐下，向前來點單的服務生要了淡啤酒。達夫猶豫了一下，還是續了琴酒。他說要雙份，服務生說好。那聲音就像少年。

「酒駕被抓也不關我的事喔。」松本滿不在乎地說：「後來車子怎麼樣了？」

「非常好，我很滿意。」達夫說，然後指著三溫暖的霓虹燈，「你在那裡是怎麼跟拓兒認識的？」

「沒什麼，我躺在椅子上睡覺，早上醒來，他就在旁邊，沒頭沒腦地問我：你沒地方住嗎？我隨便應付了他幾句，當時就這樣結束了，我也沒怎麼放在心上。」

墨鏡底下完好的眼睛和嘴唇想起來似的泛出笑意。服務生送來啤酒和琴酒。

「我穿戴好出去時，他居然蹲在對街大樓的鐵門前。當時下著霧雨，他在雨遮下避雨，衝著我天真無邪地笑。我覺得他就像條流浪狗。」

松本喝著啤酒說。

「所以我穿越馬路走去他旁邊蹲了下來。我們就這樣默默抽了一會兒菸。他真的很妙，教人怎麼樣就是沒法不理。」

達夫想。我第一次和拓兒說話時也是這樣，他一邊回憶，一邊想像兩個大男人在清早的小雨中，蹲在大樓鐵門前，一語不發地抽菸的景象。很棒的一幕。

「拓兒把菸蒂彈到馬路上，站起來邀我去看電影。我說不要，他就說：『別擔心，我剛去東京賺錢回來，身上有錢。』我好久沒笑成那樣了。這教人拒絕得了嗎？」

達夫搖搖頭。

「就是說吧？你的小舅子是個好人。」

那語氣宛如是極享受那場邂逅。達夫默默看著松本完好的那隻眼睛。因為拓兒，他在那個夏天認識了千夏，現在則是認識了這個男人。這麼一想，他再次覺得拓兒這個人雖然單純到危險，卻十分不可思議。「那麼，你們去看了什麼電影？」達夫問。「A片。拓兒在那家電影院又睡了一覺。」松本咯咯咯輕笑著答道。

這話讓達夫明白，松本並不打算反悔帶拓兒去礦山的口頭約定。達夫覺得要是特地提醒他實在太愚昧。松本倒是搶先說了：

「工作的事，我這邊大概準備好了，但現場還差一步。那裡畢竟是山上，有些地方還在積雪，也得修理住宿的棚屋。」他又說，已經有兩名伙伴過去那裡進行各種安排了。

「我想在梅雨前上山，但弄個不好，也許得延到七月。準備好了，我就會立刻聯絡。拓兒一定急死了吧？」

「其實就是為了這個。」

「我就知道。說好的我會遵守。」

「我會轉達。他聽了一定就會放心了。」

後來兩人自然地沉默，邊喝酒邊聆聽最新的音樂。既然都會指定來這種店了，松本似乎也很熟悉音樂。達夫甚至覺得連這些事都與礦山生活有關。松本問起達夫：

「你改變心意了嗎？」

「你意外地很頑固呢。」

「反正你一定會改變心意的。」

「真有自信。」

「自從剩下一隻眼睛以後，我看人的眼光更準了。」

「我的確對現在的工作不滿足，但也沒有不滿到想去礦山。」

「也不是滿足或不滿足的問題吧？」

沒錯。達夫沒有反駁，一口氣喝光琴酒，說：「好了。」

「你要打電話去約會俱樂部？」松本調侃。
「沒錯。總之我會告訴拓兒延期的事。」
「今天是週末夜，好好享受吧。」
兩人起身，在櫃台付了各自的酒錢，離開咖啡廳，音樂仍殘留在鼓膜裡。電影院距離散場還早。達夫謹慎地踏出每一步，就像要確定柏油路面的觸感。他不怎麼醉，去停車塔領車後，應該可以輕鬆開回家。兩人在春季夜晚的空氣裡並肩走著。松本已不再提邀達夫去礦山的事。來到廣小路轉角，達夫向松本道別，松本只是舉起一手回應。兩人分道揚鑣，達夫走向停車塔。
達夫超速開在海岸道路上。引擎還是老樣子，十分順暢。明明一開始搞得他束手無策，卻一次就收服了。這也令人得意。夜晚的大海無時無刻不在身邊，陣陣拍打著。醉意未醒，但握住方向盤，精神便為之一振。持續感覺到大海就在身邊，帶給他一種熟悉的愜意。

調到岡山去的妹妹應該已經穩定下來了。他重新思考妹妹的來信，想像在其他土地和松本一起工作的自己，也想起一個人住在鐵皮屋的岳母。

松本直來直往，自信十足，具有影響人心的力量。達夫忍不住揣測這樣一個人怎麼會離婚？感覺松本是個完美的男人。他迂迴地婉拒前往礦山的邀約時，松本說「也不是滿足或不滿足的問題」，這話一直盤據在心裡。一件事要成立，並沒有那麼容易。簡而言之，就是這麼回事。

儘管如此，真的是儘管如此，松本又是個可以在離開三溫暖後，在小雨中傻傻地走到拓兒旁邊，甚至陪他去看色情電影的傢伙。達夫縱情想像自己在礦山的模樣：安裝炸藥，躲到岩石後面，靈活操縱電鑽，在大太陽底下汗流浹背，夜晚帶著濃濃的疲勞，在棚屋裡睡得彷彿陷進泥淖。結果這些片斷的光景歷歷在目地逼近，感覺就像現實。達夫忍不住苦笑，卻無法阻止自己繼續想像。蠢蠢欲動的灼熱情感湧上心頭。他持續感受著一旁寧靜的夜晚大海，那近似刺痛的灼熱便益發凶猛，感覺他很快就要應付不來了。

DIY用品店已關門。左彎就回到公寓了。小直應該已經聽著千夏為她朗讀拓兒買的幼兒雜誌睡著了。兩人後來養成這樣的習慣，雜誌的封面都翻到磨損了。

幾天前拓兒來時，千夏說起這件事，小舅子開心得笑到整張臉都變形了。

達夫懷著奇妙的亢奮，直接經過回公寓的左彎道路。他想平靜下來，不願被感情所左右。他覺得這不是酒精的緣故。很快就看見摩鐵的霓虹燈，一輛計程車開了進去。沒錯，今天是週末夜晚，每個人都有資格在今晚撫平一星期的疲倦，盡情享受。摩鐵一下就會滿房了吧。他緩緩地踩下油門，把車速催得飛快。經過摩鐵後，就是以前的沙丘，現在早已消失得無影無蹤。夜晚的空氣中出現許多高樓住宅，只有拒絕入住的拓兒一家孤伶伶留下的鐵皮屋依舊沉在黑暗底部看不見。那裡也一眨眼就通過了。達夫看見垃圾焚化爐聳立的煙囪，許久前拓兒因傷害服刑的監獄圍牆進入視野。

第一次去拓兒家時，母親問達夫是不是拓兒坐牢時的朋友。達夫並不驚訝，反而覺得好玩。他與我之間就只有一線之隔，一點都沒什麼好奇怪的。達夫開在被防波堤與監獄圍牆包夾的海岸道路上，情緒平靜不下來，他不知道要開到哪裡才好，也不知道為何要這樣狂飆。

途中他駛離通往當地機場的大路，進入平緩的坡道。繼續開下去就是公共墓園了。自從妹妹返鄉納骨後，他完全不曾再想起這條路。那是與我無關的地方，也不知道父母是否希望長眠在此。駛過坡道上幾個大彎，抵達山頂時，視野忽然變得開闊。自己怎麼會跑來這種地方？今晚真的很不對勁。

達夫在墓園低矮的鐵柵欄前踩下煞車。剛好是市街的反方向，可以看見突出海峽的展望台燈光。燦爛的街道夜景，以及自兩側深入市區的夜晚大海滿含細碎的光芒，表面閃爍不絕。另一頭的展望台有著生者的喧囂，而這裡唯有靜謐。夜景融入兩者之間。

達夫下車，站在鐵柵欄前。墓地的管理事務所關閉了。他翻過柵欄，進入墓園。各處亮著零星燈光。踩過修剪得宜的草皮，經過縱橫交錯的混凝土道路。若是在陽光底下，墓碑會呈現各種顏色，但現在看去，只是一群尺寸單一、樣式相同的低矮石塊。達夫覺得彷彿置身精心維護的公園。

父母的墓是幾號？死者在宛如乾淨公園的這處場所，按編號管理，確實很符合這樣的日常。任何感情與執著，都已毫無意義。

達夫停下腳步抽菸。就這樣站在原地，慢慢地抽完一根。死者悄然無聲，沉眠在他腳下。過去的你就和拓兒的父親一樣，是光榮的帝國陸軍士兵之一。在日本接受波茨坦宣言投降後，和其他軍人一起晉升一階，成為中士返回祖國，做起行商生意，有了女人和家庭，生了兩個孩子，現在則變成了一串數字。而你的兒子現在仍困在迷宮裡頭。儼然笑話一場。達夫深吸了一口菸。深呼吸似的吸，嘆息似的吐。

然而身為你兒子的我，連你的墓是幾號都不記得。實在是，從頭到尾笑話一場。

達夫再次想起與松本的初會。當時他覺得自己彷彿被拋下。他想起那從來不曾有過的感受，以及覺得在這塊土地度過的三十二年歲月阻擋在眼前。他已經回想過多少次了？明明果在這裡，卻拖泥帶水地不肯承認，也無法下定決心做出改變。他真的拋棄了許多事物。朋友、同事，以某個意義來說，連妹妹都拋棄了。然而你這個不成材的兒子，卻為了這種事而迷惘。達夫丟掉菸蒂，用腳踩熄。他覺得有個聲音在說：飛越吧。胸口又刺痛起來，就像壞掉的玻璃，快要爆裂了。決定了，我要和松本一起上山。我要在烈日灼烤下晒焦皮膚，渾身汗水地擊碎岩石。一旦下定決心，便覺得這個決定是自然而然。達夫再次眺望整座墓園和夜景。我不會再來了。我受夠詢問管理事務所你是幾號了。達夫默默地道別，穿過草地，在夜晚的空氣中聆聽著草葉窸窣聲，翻越鐵柵欄。他不曾回頭，上了車，關上車門。砰然巨響傳遍四下。打開車燈，踩下油門，朝公寓駛去。

*

六月第一個假日，一家三口一起去了拓兒的老家。高樓住宅中，鐵皮屋還是老樣子，被壓垮似的趴在地面。老母笑咪咪地迎接三人。老父過世後，她似乎一下子老了。但小直發出撒嬌聲纏抱上去，她那張埋在皺紋裡的臉便笑成了一團，一臉滿足。有時千夏十分感慨，因為直到小直出生前，她從未看過母親那樣毫無防備的臉。

岳父死前臥病在床的房間，如今紙門全部打開了。達夫無法忘記七月那個早晨拓兒一家感受到的解脫。總算死了，拓兒在枕邊喃喃說。沒有人斥責。當時是退潮。是被潮水拉走了，岳母只說了這麼一句。是啊，千夏也點點頭。想像岳父在海中載浮載沉的模樣，那景象很美。「一直以來，真的很對不起你。」岳母向達夫低頭道歉，為老是要千夏為父親處理性需求的事賠罪。達夫只說了聲「不」。他重新眺望那個變得空蕩、燦陽射入的房間。

沒看到拓兒，達夫問岳母他人呢？岳母說在屋後鋸木頭，還特地起身穿過父親的房間，替他開窗。

「嗨，你來啦？」頭上紮著毛巾的拓兒探頭說。

「你又去撿漂流木啊！都什麼年代了，還燒那種東西。」千夏說，但語氣並非責怪。

「什麼啦，要妳管。」

「拓兒，差不多該休息一下，進屋裡來了。怎麼也不好好跟達夫打聲招呼？」岳母命令。

「再一下就好了，我弄完再過去。」拓兒活力十足地說。那天晚上從墓園回來後，達夫打電話給拓兒說：「松本說計畫會延後，不過一旦可以出發，他就會聯絡，放心吧。」只是這樣幾句話，就讓拓兒的心情頓時好轉。但達夫沒有說出他決定要一起去礦山。他既未告訴松本，當然也不曾有告訴千夏。

小直完全賴上了外婆，小屁股坐在她的膝上，不停把剛學到的詞彙串在一起，急急忙忙地說個不停。岳母搖晃身體，不管聽不聽得懂，都一一微笑應和。千夏泡茶說道：「媽，妳最好別太認真理她，小直只要醒著，就不知道什麼叫累。」但語氣是歡欣的。

「小孩子就是這樣啊。像拓兒，小學的時候都會一直玩到渾身沒力，倒在路邊睡得跟死了一樣。」

「不要講小時候的事啦，悶死人了。」

拓兒在窗外使著鋸子吼道。他頭低著，看不到表情。「講什麼啦？」千夏回嘴，繼續和母親話家常。

達夫喝了一口茶，走出屋外。他繞到鐵皮屋後，聽見千夏的聲音在說：「這麼近，媽，妳應該更常過來玩啊。」

達夫一過去，拓兒便停下鋸木頭的手，坐在鋸好的漂流木上。沒有半盆高山植物，取而代之的是參差不齊的柴薪。繡球花開始結花苞了。達夫在乾燥的地面蹲下。

「拓兒，我有話跟你說。」

「其實我也有。」

「哦？什麼事？」

「你先說。」

達夫蹲在地上，望向拓兒背後的窗戶。小舅子察覺，提議道：「要不要出去晃一晃？」「這樣比較好。」達夫站起來。這時小直跑到窗邊大喊：「奶奶給我零用錢！」「太好了。」達夫摸摸小直的頭，向屋裡的岳母行禮說：「媽，別這樣，不用擔心我們。」

「何必這麼見外？我都老太婆一個了，也沒法替小直做什麼。對了，拓兒，喏，進屋裡來，大夥一起喝個茶吧。」

岳母神清氣爽地說。拓兒應道：「我們要出門晃晃。」「晃什麼晃？」岳母問。「媽，他們兩個好像在打什麼鬼主意。」千夏故意大聲說。「怎麼這樣說自己的老公？」岳母責備。「這個人不能疏忽。」千夏用眼角睨著達夫說：「講完快點回來。」

「好啦，會啦。」拓兒說。

兩人決定走去防波堤。「是關於礦山的事。」途中達夫首先開口。

「現在再阻止我也沒用喔。」

頭上還紮著毛巾的拓兒說。

「話還沒說完。其實我想過了，我決定也要一起去。」

拓兒瞇起眼睛，用下巴點了點鐵皮屋。達夫搖搖頭，說：「還沒告訴千夏。」防波堤與另一頭的海浪聲近了。拓兒應了聲「這樣啊」，便笑逐顏開。「就該這樣嘛！」他開心地說。兩人在海岸道路等待幾輛車子駛過。「所以趁著還在這裡的時候，有些事得處理一下。」達夫等到車流中斷，邊過馬路邊說。

「這樣一來，我跟你都要離開這裡，所以怎麼說，如果你媽搬出那個家，和千夏一起住，我也比較放心。對吧？」

過完馬路前，拓兒一直保持沉默。兩人沿著防波堤走去。路面布滿沙礫，走起來沙沙作響。

「千夏也想搬到日照更好的公寓。我想乾脆在郊外租個房子搬過去。現在到處都在蓋新的公寓。」

「所以呢？」

「問題是媽。千夏那裡我來說，媽那邊，拓兒，你可以勸勸她嗎？」

「……」

防波堤到了盡頭，來到通往海灘的坡道。兩人並肩走下坡道，踏進沙灘。

「怎麼樣？」

海鷗聚在海面一處啼叫不休，可能有小魚群吧。海面閃亮刺眼。沙子因退潮而乾燥。

「媽沒有惡意。她只是不想給你們添麻煩。」

「我沒當成是惡意。」

「看在你眼中，或許是無聊的固執，但媽就是那樣。媽就是緊緊地依附在那裡，所以媽才是媽，我也一樣。」

達夫默默地聆聽，他自認為是在以此表達「這我明白」。感覺大海有柔化感情或使感情亢奮的力量，或許就是海讓他沒有說出口。

「可是，你怎麼會突然想去礦山？我比較好奇這件事。」

拓兒踩著沙子問。

「只是改變心意罷了。」

「……唔，要是能跟你一起去，我是沒什麼好埋怨的啦。」

「所以你答應我剛才說的事吧。」

「媽她啊……」拓兒支吾了一下，思考該怎麼說：「卸下肩上的重擔，一下子就老了。連我都沒想到千夏能完全脫離跟什麼男人都睡的工作，生下小直，有個普普通通的家庭……媽這樣就夠滿足了，不敢再……怎麼說，讓你呃……你懂吧？」

「……」

「確實，我是個沒用的兒子，但媽我會照顧。」

往後還長久得很，慢慢地勸拓兒和岳母就行了。現在不管再多說什麼，應該也沒辦法說服拓兒。達夫改變話題：

「對了，拓兒，你要跟我說什麼？」

「那個下三濫的毒蟲！」拓兒冷不防地咒罵。肯定遇上了什麼嚴重的事。

「四、五天前，我上街喝酒，正在路上走著，有個男人叫住了我。我根本不記得那傢伙。」

拓兒看著達夫，隨手解下紮在頭上的毛巾，搭到脖子上。「然後呢？」達夫問，大概察覺了是怎麼一回事。「你聽了可別不高興喔！」拓兒說。「嗯。」達夫回應。

「結果那傢伙就說起千夏的事，陰陽怪氣地笑說：聽說你姊結婚了？」

這是個小地方，太多人知道千夏的過去，沒辦法完全避開這種人。達夫也了解這些，才跟千夏結婚。但拓兒表現出赤裸裸的憎惡：

「是千夏以前工作的夜總會負責攬客的傢伙。」

「那種人別理他就是了。」

「什麼！怎麼可以？他還說了絕對沒辦法原諒的事。」

「他說什麼？你說吧，一點小事嚇不倒我的。」

拓兒垂下頭。「那傢伙厚臉皮地搭住我的肩，說：聽說小孩生了？」拓兒的聲音變小了。「他說什麼都無所謂。」達夫說。

「那傢伙說，千夏幹的是拿錢跟男人上床的活，誰曉得那是誰的孩子。他這樣說耶！」

小舟被拉上岸，消波塊雜亂地堆在一處，就像是從防波堤隨便扔下去似的。沙灘已經來到盡頭。消波塊底下海水累積的地方，或許就快有梭子蟹了。天氣再暖和一些，就會有小孩跑來釣螃蟹。「然後呢？你把他怎麼了？」達夫問。

「這還用問嗎？我揍了他一頓。那個孬種。我可以活活揍死他。」

「我應該起碼打斷他一根肋骨才對。」拓兒壓低了聲音說。從他壓抑的口氣，達夫聽得出是真心的。達夫慢慢開口：

「你聽好，那都是過去的事了。至少對我和千夏來說，都過去了。閒言閒語的人應該還是會有，但不能老是困在過去。」

拓兒沉默不語。達夫靠在消波塊上抽菸。他遞了一根給拓兒，但拓兒搖頭。

「那傢伙是道上的嗎？」

「不曉得。也許有關係。反正不過是個吸毒的小混混。」

「希望事情就這樣結束。」

「沒事的。有事到時候再說。」

達夫把菸蒂丟進消波塊底下的水窪。「走吧。」他催促。兩人一起經過拉上岸的小舟旁，走上防波堤。達夫思考被拓兒痛打的男人。如果對手只有那個男人就好了，他想。否則事情或許會很麻煩。如果拓兒還在做攤擺生意，和道上有些交情，問題還容易排解。但現在不一樣了，拓兒已經徹底跟道上撇清關係。

兩人來到馬路。懸鈴木的綠葉閃閃發亮。這時千夏應該在晒被子，準備做飯。小直一定正纏著岳母不放。對岳母來說，這是彌足珍貴的一天。和平。如果有這樣的形容詞，正適合用來形容這個日子。然而過去的碎片意想不到地在現實中探出頭來。

兩人往鐵皮屋走去。

「在我們上山之前，」達夫對依舊沉默的拓兒說：「最好不要一個人晚上在外頭閒晃。」

「白天晚上都一樣。要看對方怎麼做。」

「我們現在可不能受傷，千萬不可以掉以輕心。」

「我會小心。」

「再過不久，你跟我都在挖水晶了。」

「真期待那天快點來。」

兩人走進草叢，穿過野玫瑰灌木。

在拓兒家吃過晚飯後，一家人回到公寓。達夫沒把拓兒說的事告訴千夏，往後也不打算說。

千夏在二樓哄小直入睡時，達夫在看重量級拳擊冠軍賽。以兩星期一場的高速連戰連勝的二十來歲嬌小黑人，應該會贏得壓倒性的勝利。這是他的時代。他是個精悍堅韌的青年，才兩回合就把體型比他壯上一輪的敵手打到眼皮浮腫，戰鬥技巧只剩下扭抱。一場糟糕平庸的比賽。敵手不管是名譽還是自尊心都捨棄了，只想拿到出場費。

達夫想到拓兒。拓兒說他打倒了對方，但達夫在忖度拓兒把對方打得有多慘。必須小心才行。即使說到嘴瘈舌乾，還是得叮嚀他往後不能與對方有更多的瓜葛。

千夏下樓來了，說「今天小直心滿意足地睡了」。喜歡鴿子的年輕黑人，他光滑的皮膚因為汗水而呈現七彩顏色，肌肉自由自在地伸縮著。他和對手不一樣，他渴望的是自尊。

千夏在餐椅坐下，瞥了電視一眼，問：「哪個比較強？」

「矮的，年輕的那個。他養了很多鴿子。」

「這種打來打去的有什麼好看？」

映像管一清二楚地映出挨了一拳的敵手肉體汗珠四濺的景象。

千夏停頓了一拍呼吸。「對了，」她開口說：「今天你跟拓兒說了什麼？」

「只是去海邊散個步。」

「你撒謊，少騙我了。反正一定不是什麼正經事。」

年輕黑人擊出刺拳。看起來是連續兩拳，其實是三拳，速度無懈可擊。如果出拳距離和對手一樣長，應該可以在被扭抱住之前擊出上鉤拳。

「我來猜猜。」

達夫迎視變得一臉嚴肅的千夏。

「要去礦山，對吧？」

「沒錯。」

「你也要去？」

達夫點點頭。

「男人真是傻。像這樣互打，為了輸贏吵鬧不休，成天做著無聊的白日夢。」

「我並沒有要挖到金礦的不良居心。」

「遲早都會有的，會變得貪婪無厭，然後像那個叫松本的一樣失去一隻眼睛。要是只失去一隻眼睛還好。」

「虧妳看得出來。妳不是只見過他一次？他戴著那副墨鏡，只是看上一眼，大部分都不會發現他眼睛有問題。」

「男人不是一眼就能看穿女人嗎？憑什麼女人就做不到？」

進入第四回合，敵手依然是扭抱、扭抱、扭抱。

「妳反對嗎？」

「你已經決定了吧？什麼時候走？」

「這個月可能沒辦法。應該是下個月初。」

「從那個叫松本的第一次來，我就知道會變成這樣。不過，至少他看起來可以信任。」

年輕黑人想要設法擊倒對方，不是你死就是我活，他不想要其他選擇。

「好吧。拓兒就交給你了。他很魯莽，卻很膽小。」

千夏已經不再叫弟弟「那孩子」了。達夫沉默著。三、四天前，拓兒為了自己的姊姊和外甥女，痛打了一個令他氣憤難耐的傢伙。這件事無論如何都不能說出口。

「家裡的事你不必擔心。」反正你以前拋棄過造船廠，只會照著自己喜歡的方式過活，千夏又說：「況且，你現在這份工作，我覺得也做不久，那裡從來不曾讓你滿足過。」

「就算你要去礦山，事到如今我也不會驚訝。」

達夫提到岳母。「我們不在的時候，妳們三個女人還是住在一起比較好，這是個好機會，妳也找個日照良好的公寓或房子搬過去，我想在出發前處理好這個問題。」

「要說服媽很難。」

「我知道。」

「可是，說到底那樣才是最好的辦法，就算撇開公寓的日照問題不談。」

就快進入最後一回合了。即使在扭抱中推擠，喜歡鴿子的黑人鬥志依舊不減。年輕本身就是一種力量。

「我來設法說服看看好了。」

「拜託妳了。」

「條件是，你可別瞎了一隻眼睛回來啊！」

「怎麼可能？」

觀眾都掃興了。比賽結束後，年輕黑人會回到鴿舍，壯漢黑人會拿到出場費，一切就這樣結束。連裁判看起來都已經失去了緊張感。

*

眨眼間一星期過去了。這塊土地梅雨季極短，僅是聊勝於無的程度而已。偶爾颳起山背風，搖晃電視天線，導致畫面扭曲，並時時刻刻送來沙塵。

達夫與拓兒碰過兩次面，不是為了談那個拓兒痛揍的男人，拓兒似乎已經不想管那個傢伙，而挨打的人或許也意外地學乖了。拓兒語帶輕蔑地罵他是毒蟲，倘若真是如此，那就不是什麼大不了的角色。不管怎麼樣，達夫祈禱不會再歹戲拖棚。

四天前松本打電話來。千夏接起來說「你搭檔打來的」，把電話遞過來。松本有些匆促地說：「昨天我聽拓兒說你打算去我的礦山工作，嚇了一跳，怎麼都不告訴我一聲？」

達夫答道：「我原本打算今天就打通電話給你。如果要去，我也有些事情得處理一下。」

「太太說了什麼嗎？」

「她說男人都是蠢蛋。」

「她說的沒錯啊。不過你願意下定決心，真是令我士氣大振。」

「捧我也沒用。」

「這是什麼話，我捧你做什麼？對了，那你現在的工作呢？」

「上山的日子決定的話，可以告訴我一聲嗎？我要遞出辭呈。」

「好。你要一起去，拓兒非常開心。你一定會愛上山裡的生活。」

「我想也是。」

「總之，日子一決定，我立刻通知你。」

達夫問：「你跟拓兒是用電話講的嗎？」松本咯咯竊笑，說是在三溫暖。「這樣啊。」達夫說。

放下話筒後，千夏目不轉睛地盯著達夫，發表評論：「你變得神采奕奕起來了。」「那之前是怎麼樣？」達夫問。「是啊……」千夏想了一下，接著說：「若要形容的話，是死氣沉沉吧，雖然你藏得很好。不過剛和我認識那時候也是這樣。小直出生以後，也一直都是。」「才沒那回事。」達夫說。「那不重要啦。」千夏說，「希望你夏天可以回來一趟。那樣一來，就可以把小直交給媽帶，我們還能像以前那樣，一整天一起游泳，在海邊做愛。」她以聽不出是認真還是玩笑的語氣接著說。

隨丈夫調去岡山的妹妹寫信來了：「這裡的生活也總算穩定下來了，我會另外寄錢過去，是爸媽墳墓一年份的管理費，以後每年我都會這麼做。」「何必費這種心？」千夏以顯然覺得妹妹見外的語氣說。但達夫認為如果這樣能讓妹妹心裡舒服些，那就這樣吧。

日子一天天過去，六月半都已經過了。這段期間達夫有時會去海邊，但只有釣客的蹤影。水還很冷。在這裡，即使是盛夏，除非生火取暖，否則海裡的水溫依然冷到甚至無法游上四十分鐘。他也帶小直去過，讓她腳踝以下泡在海水裡，她冷得尖叫起來。海鷗還是老樣子，群聚在沙灘和海面上。還要一段時間，才是年輕暗綠背鸕鶿越過這片大海北上的季節。沙灘上的海鷗遠遠地看上去很蠢，但在近處一看，眼神精明得很。小直衝過去追趕，牠們同時飛向空中，降落在海面或遠方的沙地。小直輕聲咂舌頭。被沖上岸的貝殼死去，散發出腐臭。達夫避開死貝，在沙灘坐下。這是個假寐般的平凡午後。目標一定下來，日子便過得飛快。反倒是從松本出現以來直到發展至今的過程，感覺長達幾十天或幾個月之久。但不必迷惘的狀態很舒服。餘下的牽掛就只剩岳母。千夏也不再有任何怨言。她是個乾脆的女人，沒有滿足或不滿足。

千夏勸母親一起住，但至今仍未能成功說動她。「我們家怎麼全是些老頑固？」千夏有時忍不住動氣，惱火不已。但她還是三不五時帶小直去鐵皮屋，耐心十足地繼續說服。

後來達夫不曾再去過墓地。妹妹寄來的管理費，千夏全數匯到管理事務所。父母的墓地文件在那間清潔舒適的事務所蓋了章，將列印出來的收據連同電費與電話費收據一起送來，達夫再把收據寄給妹妹。

何時出發、何時回來，都完全沒個底。只要相信松本就夠了。動身前的期間，不必去想多餘的事。達夫不焦急。委身於時間是一種怠惰嗎？即便是，再過一個月，在礦山灼熱的勞動與生活就是必然的現實，如同北上的鸕鶿一樣。等待，唯有等待。這段期間，千夏也許可以說服她母親，也許不行。

觀光季高峰在即，水產加工廠逐漸忙碌起來。達夫被要求每星期加班三天，到了七月，應該會變成每天加班，女職員以外的男員工，都必須工作到三更半夜。平日為了節省人事成本，規定都要準時下班。船廠發動長期罷工前也是如此。砍加班、砍薪水，大量裁員。資方的腦袋想的都一樣。到了秋季，公司引入外面的資本，進行比先前更雷厲風行的裁員。當地的百貨公司似乎引進了東京資本，工會將如何面對？也只能接受了。高層說什麼就是什麼。這是個只有觀光、造船和JR日本鐵路的城鎮。用不了多久，職業介紹所就會人滿為患，陷入恐慌。最後只能仰賴觀光客的施捨。

再三十分鐘就要結束兩小時的加班時段，同事告訴達夫有人來找他。同事是剛進來的年輕人，很好相處，現在卻滿臉疲勞。解凍用的大鍋已經熄火，但乾燥機還在轟隆作響，蒼蠅四處亂飛。即使叫他要設法偷空休息，這個年輕的菜鳥同事也只是不知所措地淡淡一笑。他不是不休息，而是不會休息。發現這件事以後，達夫決定不再多說什麼。不過他偶爾會偷空帶他出去外頭，在陽光底下抽個菸、玩個投接球。

達夫穿著橡膠圍裙和長靴走出夜晚的戶外，看見松本站在新車旁。「嗨。」松本揚起一手招呼，拍了拍新車的車頂。達夫走近，從車窗往裡看，是自排車。一走出工廠，感覺滲透在全身的烏賊和魚類的腥臭味便往外擴散開來。

「如何？要不要坐坐看？」

「不了，我不想把你難得的新車搞得都是魚腥味。」

「別客氣。」

「你來有什麼事？」達夫問：「總不會是來跟我炫耀新車的。」

「其實就是。」

「少來了。」達夫看著車子裡面說。他直起身子問：「決定了嗎？」

「嗯，現場有聯絡了。」

「哦？」

達夫清楚自己的眼睛自然而然地亮了起來。

「抱歉讓你等上這麼久。」

松本說，沒有錯過達夫的變化。

「什麼時候？」

「七月第一個星期六出發。」

「只剩下不到兩星期耶？」

「趁這段時間好好享樂吧。到了當地，就只剩下吃和睡，沒有半個女人，能做的消遣頂多只有溪釣。」

進入六月以後，拓兒便去做融雪時期被打釘輪胎輾壞的馬路工程賺日薪。如果他聽到這消息，一定會興奮得跳起來。千夏會是什麼表情？也許連眉頭都不會挑一下。他以前向松本強調過只帶拓兒去一次，但如果工作順利結束，他打算繼續拜託松本。

「什麼時候回來？」

「冬天吧。正式進入雪季以後，就沒法工作了。而且今年起步晚，所以工作特別辛苦喔。」

「無所謂。那麼到冬天就失業了？」

「我就是要說這個，也不能叫你們失業，而且你還有家要養。當地的薪水，我應該可以拿出現在的兩倍以上，所以我想跟你還有拓兒商量一些事。今天晚上方便嗎？」

「在哪談？」

「市營游泳池。」松本說，達夫忍不住笑了。

「我沒跟你說過嗎？我都盡量每天游泳。身體就是資本。你八點過來可以嗎？一起游吧。」

「這倒也不錯。」

「我先去那裡等你。」

松本說完便上了車，從車窗探出頭，口氣嚴肅地又補了一句：「你可以早拓兒十分鐘還是十五分鐘過來嗎？我有事想先告訴你。」

「好，關於拓兒，我也有話想跟你說。」

「先說清楚比較好呢。還有，今晚不喝酒，健健康康地談吧。」松本語氣調皮但嘹亮地說。那是確實注視著目標的男人嗓音。

達夫點點頭，揚起一手道別。松本也舉起手，然後往市營球場而不是海岸道路開去。達夫立刻返回職場。游泳池就在市營球場旁邊，他從來沒去過。不管是泳池還是哪裡，他自從去年夏天就再也沒去游泳了。他想起松本說過，到了當地，頂多只能溪釣。那條溪有多大呢？可以跳進裡頭泡澡嗎？

每年盛夏期間在公寓前禁止游泳區域的海邊游泳，是他最大的期待。潛到呼吸用盡，委身於浪頭之間，朝向外海游到嘴唇發紫為止。接著讓舒適鬆弛的身體躺倒在晒得滾燙的沙地上。任憑太陽烤焦皮膚，毛孔滲出大顆汗珠。

「有什麼好消息嗎？」年輕同事在乾燥機前向他搭訕。「沒事。」達夫回答。「你臉上的表情可不是這麼說。」年輕人露出和善的笑。「快點完成工作吧。」達夫說。松本的話在腦中響起。今晚不喝酒，健健康康地談。沒錯，這主意滿不賴的。今年錯失了去海邊游泳的機會，快點解決加班，去市營游泳池盡情地游一頓吧。距離出發不到兩星期，像松本那樣每晚暢游也不賴。

回去公寓前，達夫前往拓兒和母親住的鐵皮屋。拓兒躺在客廳，看旋鈕式老電視轉播的棒球賽。岳母正在準備晚餐。「咦？你一個人來？真難得。」岳母很吃驚，不停要他進去坐。拓兒也躺著喊道：「噢，達夫啊？進來坐啊。」還沒有喝酒。「在這裡說就好了。」達夫對岳母說明來意。起初拓兒有點愣住，接著整張臉笑成一團，撐起上半身，不停地說：「這樣啊，終於要出發啦。」整個人變得毛糙不安，那露骨的開心模樣，實在教人討厭不起來。「我正好修馬路修膩了呢，反正修好沒多久又要被打釘輪胎輾壞啊。」他說。

「八點半到市營游泳池來。」

「你說哪裡？」

「市營游泳池。要去游泳。」

「我也要游嗎？游泳幹麼？」

「游完要討論事情。」

拓兒露出吃不消的表情。岳母行禮說：「拓兒就千萬拜託你了。這回跟達夫一起去工作，我也很放心。」對她來說只是地點不同而已，兒子一樣要離家工作好幾個月。

「你也知道，這孩子就是顧前不顧後。」

「我已經不是小孩子了，達夫，對吧？」

「嗯，是啊。」達夫微笑。

他轉向岳母說明：「千夏應該跟妳說過了……」「是啊，是啊。」岳母點頭，「千夏叫我搬去一起住，光是這話，我就夠安慰了。」

「不不不，是我們去了山上，千夏和小直會寂寞。媽，妳可以再好好考慮一下嗎？」

「喂，達夫，你們怎麼不跟我說一聲就自作主張？我不是說過了嗎？媽有我照顧。」拓兒氣憤地插口。

「講這什麼話？也不怕天打雷劈。」岳母責備。

「誰怕什麼天打雷劈啊。達夫，你少管我家裡的事，回去也跟千夏姊這樣說。」

「你要這樣想是沒關係，但這是兩碼子事。」達夫說，接著在脫鞋處告辭說要走了。拓兒皺眉嘖了一聲，似乎有話想說，感覺他的心裡頭有許多話在亂轉。「我也真是的，連個茶都沒端。」岳母抱歉地說。

「八點半，市營游泳池。」

達夫提醒拓兒。拓兒含糊地「喔」了一聲點點頭。達夫走出屋外，痛切地認為，拓兒並非單純反對年邁的母親搬出這間鐵皮屋。就和痛揍拿千夏以前幹特種行業的事嘲弄他的傢伙一樣，他只是心思太複雜了，就算是達夫，也無法輕易進入其中。拓兒就是這種人，天生要吃虧。

達夫經過夜色濃密的碎石路，回到公寓。小直醒著。她看到達夫便開心地討抱，又熱又軟的身體撲撞上來。「該睡覺嘍。」千夏說。小直搖頭不肯。「爸爸得出門一趟。」達夫摸摸小直的頭說。

「爸爸要去哪裡？」

「工作。」

「工作不是已經做完了嗎？」

「還有另一個工作。」達夫轉而對千夏說：「出發的日子決定了。七月第一個星期六。我去過媽那裡，跟拓兒說過了。」千夏沉默了一下才開口：「這樣啊，終於要走了。」語尾顯得沉重。

「聽說要到冬天才能回來。我等一下就要去跟松本討論細節。」

「飯呢？」

「不吃了，沒時間。幫我拿泳褲。」

「拿泳褲做什麼？」

「我們約在市營游泳池。」

可能是覺得太好笑了，千夏開朗地笑了起來，愉快地說：「好，我馬上拿來。」

「趁現在盡情游個痛快吧。」

千夏走上二樓，很快就回來了。

「我也跟媽稍微提了一下一起住的事。」達夫說。

「你去說，媽反而會客氣。」

「看來似乎是呢。」

「那件事就交給我，你想你自己的事就行了。」

「是啊。總之我去去就回。」

「替我向松本先生問好。」

達夫帶著浴巾和泳褲出門了。小直在背後說「路上小心」。達夫上了車，用浴巾包起泳褲，放在副駕駛座，隨即發動引擎。

夜晚的市營游泳池有許多下班後來游泳的人，頗為熱鬧。達夫在更衣室換好衣服，在洗腳池清洗腳上的污垢，穿過微溫的蓮蓬頭灑水底下。正面二樓有玻璃牆面的救生員室，右邊是兒童泳池，現在空無一人，白天的時段應該比較熱鬧。成人泳池分為進階泳池和初學泳池，整面牆壁都是鏡子，泳池兩端沿著牆壁設有木椅。一名中年男子在鏡前做暖身操，看起來並不怎麼投入。鏡中的倒影與一本正經的表情面面相覷，那個模樣令人發噱。

進階和初學泳池都有五、六名男女在游泳。松本說他盡量每天晚上來游，那麼他應該在進階泳池。達夫凝目細看，卻看不出哪一個是松本。男女都以流暢的自由式游著。達夫進入初學者泳池，先以自由式來回游了四趟二十五公尺的距離。水的觸感久違地撫遍肢體。沒有喘氣。這樣的話，在進階泳池應該也不會妨礙到別人。來回四趟後，他覺得腦袋放空了，沒什麼好煩憂的。在海裡游泳時總是感受到熟悉的深沉思考開始復甦，它應該也會接著擴散在肉體當中，徐徐消失。他知道那一瞬間，自己總是充滿了新鮮的感覺。他想要再來回一趟。但就在他進入第五趟時，正面清潔的救生員室傳來麥克風廣播：「時間到，請立刻離開泳池，休息十分鐘。」泳池裡的男女陸續停止游泳，離開水池，坐到牆邊兩側的木椅。達夫也上岸了。只有鏡前的男子還在做暖身操。也許他不是來游泳的。這麼一想，達夫覺得有些滑稽。

他再次尋找松本。找到了。有個和女人一起坐在進階泳池旁椅子的男人戴著墨鏡，所以他一眼就認出來了。在室內泳池戴墨鏡實在很突兀。感覺只有松本所在的地方顯得格格不入。女人親密地與松本交談。那是個體型苗條的長髮女子。松本用毛巾擦著頭髮，頻頻應和。他應該只有游泳和睡覺的時候才會摘下墨鏡。和女友共度春宵時又是怎麼樣呢？

達夫走向松本。正以親密的表情和女人說話的松本一看到達夫，便向他揮手，然後對女人說了一、兩句話。達夫走過去，松本坐著說：「離約定的時間還很早啊。」「我討厭遲到。」達夫說。松本便說：「很像你的作風。」然後用下巴比向初學者泳池：「你在那邊游？」「試游一下。」達夫點點頭。

「下次在這邊游吧。」

「嗯，我會。」

女人始終默默地看著達夫，但不會令人覺得討厭。

「對了，我來介紹。我跟你提過吧？她是我前妻。」

「那現在是什麼？」女人面露微笑地打諢說，隨即向達夫打招呼：「你好。」聲音舒朗，沒有半點冰冷。達夫猜她應該快三十，便也寒暄道：「幸會。」

「現在單身，只是我的女性朋友。」

「少隨便拿人家當朋友，人家才不想哩。喏，你不覺得嗎？」

女人對達夫說，但也不像在徵求同意。「是喔？」達夫苦笑，任由髮絲滴著水，在松本旁邊坐下。

「好像總算做完了。」女人說。

達夫看見鏡前的男子結束體操，和先前在水中的人一起坐在椅子上。

「那個人總是那樣嗎？」

達夫隔著松本問女人。他覺得似乎有點太輕佻，但無所謂。女人也並不在意的樣子。

「是啊。他在水裡的時間大概只有五分鐘吧，其他時間都埋頭做體操。他本來是渡輪的領班，才剛退休。不是喜歡游泳，只是為了維持健康。」

「妳真清楚。」

「晚上會來這裡游泳的人都差不多固定那幾個，自然就會認識，而且很多都是渡輪上的人。」

女人以柔順的聲音說，接著介紹自己：「我叫和江。很普通的名字吧？」「怎麼會？」達夫答道。女人短促地一笑。兩人都離婚了，她與松本之間卻奇妙地沒有糾葛或執著。他們之間有孩子嗎？這麼說來，達夫想到自己不曾深入探問過，松本也只提到他和老婆離婚而已。達夫認為他們現在是這種狀態的話，不要有任何質疑比較好。「聽說你是拓兒的姊夫？」女人這麼問。達夫有些驚訝：「妳也見過拓兒？」「嗯，跟這個人一起，三個人喝酒。拓兒是個老實人。」女人回答。

「聽說你要跟拓兒和他一起工作？」

「嗯，是啊。」

「就是那時候，我第一次聽拓兒說你打算上山。」松本說。

「這兩個人喝得爛醉，丟下我，一起跑去泡三溫暖了。」女人接著又說：「男人自己比較好聊呢。」松本只是不停地賊笑。聽女人的口氣，似乎很享受離婚後的關係。「談正事吧。」松本開口，「山上已經有兩個人了，這邊有包括拓兒在內的我們三個人，還有我弟和我弟的兩個朋友，總共六個人過去。我們開卡車和兩台小廂型車搭渡輪，在那邊會合。必要的文件手續和器材，當然都已經備齊了。如果人手不夠，可能會在那邊再雇幾個人。」松本俐落簡要地說明。

「然後，」他用接下來才是正題的口氣說：「如果你願意，就進我們公司吧。這樣一來，冬季就可以照樣領薪水。不過有條件，你必須趁冬季考取一些執照。首先是火藥的使用執照。就算今年沒辦法，明年我希望你可以擔任現場主任。現在是我弟弟在做，但明年我要把他調到行政職。」

「如果你這麼要求的話。」

「還有，你要學習地質方面的學問。不只這些，我也希望你幫忙製作要送交政府機關的文件。不過不必擔心，這些都可以慢慢學。你一定做得來。」

松本熱切地說著工作上的事，這段期間，女人被丟下似的沉默著。達夫好似可以想像兩人還是夫妻時的日常互動。他不打算追究別人離婚的原因。或許就是因為離了婚，才能處得好。也是有這種可能。這時廣播再次響起，告知休息時間結束。各自休息的泳客又陸續站了起來。

「我去游一下。」女人也站起來，走到進階泳池角落，以標準姿勢跳入池中。很完美的自由式。剛才在鏡前暖身的男人也慢吞吞地進了初學者泳池。他以蛙式勉強游了二十五公尺，沒有折返，而是站在水裡，就這樣爬出泳池，走到鏡前，又開始做體操。達夫看著和江用完全不像女人的力氣與姿勢，維持同樣的速度游個不停。

「你怎麼說？」松本問。

「沒問題。既然要幹，必要的執照我會拿到。」

「好。剩下的問題就是拓兒了。」

松本也盯著她的泳姿。

「先前我請你只帶拓兒上山一趟。」達夫說：「但我變成職員，拓兒卻不是，這有點不方便。」

「我想也是。他再怎麼說都是你的小舅子。我知道了。我會讓拓兒在冬天不必另外找工作。」

「太好了。他一定會很開心。」

「幹這一行，血氣方剛不是缺點。而且和江也說，拓兒的本性是個老實人。」

達夫尋思，為了慎重起見，拓兒前幾天在街上與人幹架的事，是否該告訴松本一聲？但最後他打消了念頭。如果要說，內情又實在複雜，說來話長，而且再兩個星期就要離開這裡了。即使對方對拓兒懷恨在心，只要拓兒人不在這裡，他也無從尋仇。而且達夫覺得自己太多慮了，那只不過是一場鬥毆。

松本摘下墨鏡，擱在椅子上。這是達夫第一次直接看到他受損的右眼。眼珠是混濁的灰色，處處帶紅，就像打磨過的石頭。

「咱們來比賽吧。三千公尺。你行嗎？來回六十趟喔。」

「好，拚了！」

兩人繞到泳池正面，做出跳水姿勢。達夫盯著搖晃的水面，沒有任何問題，拓兒的事也輕易解決了，整個人充滿了踏實感。「開始！」松本說，達夫蹬離地面。

達夫落後三趟，游完三千公尺時，全身肌肉無力，喘個不停。達夫正在水裡調整呼吸時，女人向他伸出手來，達夫甩開。「好啦。」她說，抓住達夫的手，達夫被拉著爬上岸。松本戴上墨鏡，正氣喘吁吁地坐在椅子上。達夫和女人一起走向松本，並仰望入口的時鐘。差不多是拓兒要過來的時間了。

「我先回去了。下回見。」她把浴巾搭在肩上，對達夫說。

「嗯，再見。」達夫回答。她走向出口，動作和腳步都很年輕。

「她很不錯。」

「你這麼覺得？」

達夫在旁邊坐下來說，一開口還是會喘。三千公尺是一場耐力賽。

「嗯，你呢？」

「她是個好女人。」

達夫邊喘邊笑了。

「你不問那為什麼我們會離婚嗎？大部分的人都會想知道。」

「拓兒問了嗎？」

「沒有。」

「那我也不問。那是你們兩個的事，與我無關。」

這回輪到松本拍打自己的大腿笑了。

八點半過去了，拓兒還沒現身。兩人決定去咖啡廳等，那裡可以看見所有經過的人。穿過蓮蓬頭灑水底下，在洗腳池泡過腳，走進更衣室，誰知忽然餓得胃絞成了一團。達夫匆忙穿戴好衣物。

離開更衣室一看，和江已不見人影。相反地，他遇到手裡拿著入場券，不知所措亂晃的拓兒。幾個人目不轉睛地打量著拓兒，他還是老樣子，穿著骯髒的燈籠褲和膠底分趾靴，實在不像是來游泳的，也難怪會招來狐疑的好奇眼光。拓兒發現兩人，緊繃的臉頰放鬆，露出安心的笑容。
「怎麼，你們已經游完嘍？」
「你去游啊，我們在咖啡廳等你。」
松本明知拓兒不打算游，故意這麼逗他。「我從小就在海邊長大，幹麼跑來游泳池游？」拓兒逞強地說。「說的也是。」松本也不忤逆，點了點頭。「聽說出發的日子終於決定了？」拓兒說。「讓你久等了。」松本說。「還好啦。」拓兒兩手塞進燈籠褲袋裡。
在咖啡廳裡，拓兒開心地大聲喧鬧：「我想要預先慶祝一下，沒有酒嗎？」
「這裡不賣酒精飲料。就是怕你這種人喝醉之後跳下泳池，突然沉下去溺死。」松本奚落說。達夫吃著海鮮拿坡里義大利麵充飢，把剛才和松本討論決定的事簡短地告訴拓兒。聽到冬天不必去東京工作賺錢，拓兒露出難以置信的表情。這也難怪。
「媽要是聽到了，不曉得會有多開心。」只見他天真無邪且率直的雙眼發亮說。

隔天一早，達夫前往水產加工廠的組合屋事務所，向社長提出辭呈。社長比達夫年長四、五歲，幾年前從父親手上繼承了這家工廠，總是毫不避諱地四處誇口要擴大父親腳踏實地建立起來的事業版圖。成為工商會議所的一員，是他的第一步。他想要增建幾家工廠，往後要在面對海峽的山腳下建一棟以觀光客為主的飯店，並且要將戰後的黑市延續而成的早市，改建成嶄新漂亮的在地特產大樓。大樓的計畫應該用不著幾年就會實現。如此一來，必定能加入青年工商會議所。

「你對工作有什麼不滿嗎？」社長以精力充沛的神情仰望著達夫問。「我沒有不滿。」達夫只這麼回答。「在我們業界，接下來就要進入關鍵時期。夏季形同戰爭。」社長說。「我知道接下來會很忙，但這是我仔細思考後的決定，我的想法往後也不會改變。」達夫說。「我打算最近就要擴建工廠，原本預定讓你擔任那家新工廠的負責人，我對你有很大的期待。」社長繼續說服，還說：「再怎麼說，我們年紀相近，我們公司需要年輕人的想法。」我們？你壓根兒就不把我算進你所說的「我們」裡頭吧？達夫真的很想這麼回嘴。少噁心了。達夫壓抑感情地說：「謝謝社長這麼看重我，但我沒辦法回應社長的期待，真的很遺憾，很抱歉。」接著他搶在社長開口前，匆匆離開組合屋，回到工廠。還不到上工時間。他直接穿過工廠，走出馬路，吸了滿腔的晨光。

那名新進的年輕員工面露親近的表情走了過來。達夫本來想說「今天是我們最後一天共事」，但心想到了明天，同事自會明白。他邀對方玩投接球，扎扎實實地投了七、八分鐘，皮膚變得火燙，汗水也滲了出來。年輕人很有活力。達夫今天不打算加班，時間一到就走人。總之，距離出發只剩下兩星期了。他想起松本說的「趁著還在花花世界，盡情享受一番吧」，還有他第一次摘下墨鏡露出的右眼，以及咖啡廳裡的事。拓兒始終激動興奮，說總有一天一定要挖到金礦，那口氣就彷彿金礦已立在眼前。松本非常老成，他默默地不答理這話，只說「要好好幹活」。

今晚要做什麼好呢？去游泳池嗎？達夫思忖。去泳池或許可以遇到松本離婚的前妻。他覺得要是碰面，似乎會有一番風波，別去才是聰明的做法。他不想在出發前惹出麻煩。想到這裡，達夫忽然驚覺：我是怎麼搞的？竟單方面想著那女人。但第一次見面時，他毫無這樣的念頭，只覺得她很有魅力。他沒問她現在在哪裡工作，或只是遊手好閒，也沒問她住在哪裡。沒這個必要。然而現在又東想西想。去礦山的事變得具體後，讓他的心情有些過度亢奮。真是太荒謬了。

下班時間到了。達夫匆匆離開崗位去換衣服，這時任職近二十年的廠長湊了過來。他知道對方想說什麼，只覺得煩。廠長語帶教訓地說：「我聽少東說了，你應該重新考慮一下。你也不是小孩子了，都三十多歲的大人了，應該懂事才對。」廠長從前任老闆一路忠實地做到現在，達夫向他微笑搖頭。「少東說，如果你對薪水不滿意，下個月開始可以給你加薪，獎金也不會少給。」廠長接著說。「不是那種問題。」達夫說完後，想到這話會不會傷了在這裡做了那麼多年的廠長？廠長沉默了。至少他似乎明白達夫心意已決。「既然如此，可以先待到找到替代的人手再離開嗎？」廠長讓步說。「沒辦法。我不喜歡拖泥帶水，沒完沒了。再說，現在景氣不好，到處都是在找工作的人。」達夫說。「不是隨便什麼人都可以的。」廠長說。「總之，我就做到今天。」達夫堅決地搖頭。廠長徹底死心了。「你這個年紀，應該要更懂事才對啊。」廠長重複著剛才的話。「不管長到幾歲，懂事都不會對我帶來半點用處。」達夫決絕地說。這樣就結束了。

松本說明，當地的組合屋足夠八名大男人起居，不過是上下鋪。拓兒說：「跟工地宿舍沒兩樣吶。」「但沒有人會從中抽成。」松本應道，並說其他人比他們三個更年輕。生活應該不會太無聊。

千夏只說：「這是你第一次離開這塊土地呢。」看起來並不特別擔心。餘下的問題，就只有千夏說服母親一起住，和尋找日照良好的公寓或房子。最好能在出發前解決這些事並搬家。暫時沒辦法的話，他最起碼打算處理好岳母的事再上山。後來千夏幾乎天天去鐵皮屋，達夫想像著在那裡上演的原地打轉般的對話。他一早就盡情聽唱片，覺得無聊就去看海，彷彿從造船廠離職後的時光又回來了。不過只有一眨眼的工夫而已。轉瞬之間，出發的日子就會到來。

拓兒為了千夏的過去而痛揍的男人，後來沒有任何消息，拓兒好像也忘得一乾二淨了，不過提醒一聲總是不會錯。畢竟這是個小地方，會在哪裡出其不意地狹路相逢都不奇怪。拓兒的活動範圍和對方應該差不多。

白天拓兒又努力去做修馬路的工程，然後一有空就去海邊撿漂流木。不光是因為他已經這麼做了好幾年，也是想到老母親冬天的生活。就算告訴他冬天不必再去外地找工作了，他也不聽，只說：「達夫，往後的事沒人說得準啊。」要說服千夏的母親，或許只能先說服拓兒。

不管怎麼樣，他只想放空腦袋度過這兩星期。聆聽家裡所有的唱片，傍晚去鬧區散步，呼吸市街的空氣，看看電影院的宣傳海報，聞聞懸鈴木行道樹的氣味，忽然駐足。保齡球館底下的小鋼珠店、遊藝中心、廣場噴泉前乾淨的長椅、一杯只要兩百八十圓以淡蘭姆酒調成的高球雞尾酒、在街角賣競輪預測報的老人、嘲弄路人的皮條客，和上前推銷色情照片的男人在路邊隨口閒聊幾句。毫無疑問，這些是他生長的市街氣味：就像來自海上的風，就像市街特有的熟悉體味。

三天過去，第四天晚上，他一時興起開車去市營游泳池，並沒想到那個叫和江的女人。即使碰面，松本說他幾乎每晚都來游泳，有可能會是三個人一起。再和松本拚一場三千公尺的比賽也不錯。

途中達夫去加油站加了油，開進棒球場和游泳池共用的停車場，進入市營游泳池的玄關，在櫃台付了入場費，進男性更衣室換上底褲和海灘褲。這時達夫才發現自己祈禱著只有她一個人來。即使掩飾心情也沒用。就算松本來了，到時候再說就是了。達夫切實地渴望著那個女人。他一如先前踩過洗腳池，經過蓮蓬頭灑水底下，進入泳池區。

就和上次一樣，兒童泳池無人眷顧，在游泳的男女人數也差不多。達夫無法從游泳的人裡面找出松本或和江。也許沒來。這麼一想，這回不知為何放下心來。在鏡前做熱身操的前渡船領班今晚也來了，一樣以散漫的動作埋首做體操，令達夫不禁有種遇見老熟人的感覺。

他稍微熱身了一下，立刻跳入進階泳池，來回游了幾趟，沒有細數。松本和她果然都沒來。休息的廣播響起，他從水裡出來，走向木椅，這時才發現和江正坐在椅子上對著他笑。兩人彼此舉起一手打招呼。達夫在她旁邊坐下。「我看了很久，你游得很暢快。」她友好地說。那語氣親暱得不像才見過一次面，但達夫不覺得不舒服。

「我五、六分鐘前剛來的，沒想到你會來。」

「只是一時興起。」

「就快要上礦山了吧？你太太居然會贊成。」

「妳反對松本的工作嗎？」

「沒有啊。」

「那我老婆也沒有理由反對吧？」

「感覺可以跟你老婆交個朋友。」

她開朗地笑道，彷彿這是件好玩的事，並拍打達夫溼淋淋的手。

「可以啊，隨時都行。」

「……」

「怎麼了？」

「沒事。」

「松本呢？」

「好像沒來。你在意？」

達夫頭靠在牆上，說「不會」。她以輪廓分明的眼睛定定地看著達夫，達夫也目不轉睛地看她。他明白話越少越好，強烈的欲望貫穿他的身體。

「我不游了。妳呢？」

「沒頭沒腦的，怎麼了？你真奇怪。什麼意思？」

「沒什麼意思。」

達夫看著她被唾液沾溼的嘴唇，既不慌亂，也不氣憤。

「我們走吧。」

「去哪裡？」

「這個嘛，邊開車邊想吧。」

「我才剛來耶。都還沒下水……」

「妳淋過蓮蓬頭的水了吧，那不就夠了嗎？」

她做出思考的樣子。「是啊，是夠了。」她露齒而笑地說：「好吧。你這人真教人驚訝。」

她拿起浴巾站起來。在男女更衣室前分開時，她從容地說：「我在外頭等你。」

達夫與她道別後，開車回公寓的途中，感覺握著方向盤的手還在發熱。

後來達夫換好衣服出去外頭，她已經在等了。兩人一起踩過停車場的石子地，走到車子旁邊。「好懷念的車。你跟他買多少錢？」和江問。達夫豎起四根指頭。上車的時候，和江問：「決定好要去哪了嗎？」「還沒。」達夫搖搖頭。開出停車場後，達夫問：「去摩鐵好嗎？」她在副駕駛座說：「你想看夜景嗎？」座椅沒有修好，不停地前後滑動，她愉快地說：「以前我真是被這副駕駛座給折騰死了。」「被松本知道也沒關係嗎?」達夫忍不住問,說出口才後悔問了個無聊的問題。鋪柏油的登山道路呈現平緩的彎道,她反問:「那我問你,被你太太知道也無所謂嗎?」達夫沉默。「沒錯,不說就沒人知道。再說,我們都不是清純的小孩子,我跟松本也已經分手了。」她柔聲說。「好,我取消問題。」「完全沒那個必要。」她看著達夫。達夫把車停在從馬路削平斜坡而成的空地,好欣賞夜景。「好久沒坐這個座椅,累死我了。看,大腿肌肉都僵硬成這樣了。」她稍微撩起洋裝裙襬。達夫觸摸那溫暖的大腿,她的手疊了上來。達夫就這樣展開愛撫。她放開疊上來的手,觸摸他的耳朵和脖子。欲望從體內泉湧而出,他任由欲望驅使,她也接受了一切。達夫親吻她的頸脖,撫摸她的陰毛,她仰起身體,發出愉悅的聲音,雙腿微張。半山腰的樹葉窸窣聲與風聲消失了,交纏的呼吸與斷續的話聲糾結在一起。車內完全被這些聲音充滿時,達夫感受到欲望透過陰莖在她的體內釋放。彼此粗重的喘息平靜下來後,達夫拖延著,捨不得快感離去,還咬著她的耳朵,她的指甲掐進他的背。身體分開後,她的頭髮和背部仍蒸出汗水的氣味,她含住達夫半軟的陰莖,達夫雙手插進她的髮中，慢慢把她拉開來。她以因快感而溼潤的眼睛直盯著他看。達夫再次深深地插入陰莖。一切結束後，她慵懶地扣起洋裝胸前的鈕釦。她一邊扣釦子，一邊問正在抽菸的達夫：「你知道我們為什麼離婚嗎？」「松本不愛說閒話，這一點妳應該最清楚。」達夫答。即使發生了這樣的關係，還是沒必要知道。「是啊，他就是那種人。我只是好奇你知不知道而已。」她整理好儀容說，「我很滿足。你覺得我是個隨便的女人嗎？」「怎麼會？」達夫回答。他想，到了自己這個年紀，有太多事情都不是問題了，都無所謂。「我們好像雞喔。」她在黑暗中發出滿足的聲音。海灣的船隻燈光與造船廠的燈光在左側，而父母的墓地所在從這裡看去燈火斷絕，融入黑暗。「等你抽完，可以載我去有電車經過的地方嗎？我在那裡叫計程車。」達夫說：「我載妳回家。」「不，我坐計程車。我可不想繼續坐在副駕駛座撐著兩腿，撐到大腿都抽筋了。」她開玩笑地說。從她的口氣，達夫瞭解她在明確地表示今晚只是一夜情，起碼她不願意讓今晚的事把狀況搞得更複雜。「好，我載妳到電車起點站。」達夫說。她用調皮而沒有半點諂媚的眼神調侃地說：「哪天遇到你老婆，我會好好地裝作若無其事。這可是女人的拿手好戲。」「女人也有很多種，只有聰明人才做得到。」達夫應道。「你這是在誇我嗎？」她輕巧地問，看起來只是全然的滿足。「到時候我會好好欣賞妳說的好戲。」達夫只是這麼說。「真是的，你這人都這樣釣女人的嗎？」「不，今晚是特別的。」達夫答道。「難怪他會想帶你去礦山。」

車子來到山腳下，達夫讓她下車。「我會祈禱你們工作順利，小心別受傷了。」她在馬路上說。達夫目送她上了計程車，把車子開往夜景中心。

回到公寓時，玄關和客廳都亮著燈，卻不見千夏人影。屋內一片寂靜。她已經哄小直睡了吧。千夏有時會抱怨「要是小直能快點一個人睡就輕鬆了」。也許又在為她唱米奇進行曲了。達夫用馬克杯從咖啡機裡倒了淡咖啡，站著喝起來，然後打開冰箱拿出冷香腸啃著吃。他仰望只能勉強容一名大人經過的狹窄階梯，喊著千夏的名字。沒有回應，也沒聽見米奇進行曲。達夫想要坐在餐桌旁看電視，卻又懶得動手。他慢慢地喝咖啡，快感還在體內徘徊不去。她說他們很像雞，完全沒錯。倉促又慌張。這在當時為兩人帶來了興奮。

喝完咖啡時，千夏走下階梯傳來吱呀聲。「妳跟小直一起打瞌睡了嗎？」達夫問。千夏表情緊繃嚴峻，彷彿混合了緊張與疲勞。「小直今天有點激動……」她打住話，詰問地說：「你跑去哪裡？」臉色蒼白，臉頰發僵。

「去游泳池。怎麼了？」

千夏停頓了一拍。

「一個小時前，警察為了拓兒的事上門。」

聲音好不容易才克制住沒有走調。

「他又失去理智，做了傻事。」

達夫猜想是那個男人，除此之外沒有別的可能了。那個時候，拓兒說得像是把對方打得很慘，還說那個人吸毒，可能和黑道有關。不管怎麼想，事情都不可能就此結束。他想得太簡單了。至少在離開這個城市以前，都不該疏忽大意。

「拓兒受傷了嗎？」

「相反。」

「他殺了人嗎？」

「你知道什麼，對吧？」

千夏露出猜疑的眼神。

「不是計較這些的時候。是誰受了傷？」

千夏搖頭，表情滲透出發自內在的疲勞，看起來也像是因為達夫回來而放鬆了。達夫放心了一些，但千夏的表情也好、警察特地上門也好，顯示這不只是單純的打架鬧事。

「地點在哪裡？」

「站前的小鋼珠店，那個白痴。對方是店員，以前我上班的店裡負責攬客的。達夫，你知道吧？跟我說。」

達夫扼要地說明那件事，說直接的原因是對方嘲笑小直不知道是誰的種。

「我就猜八成是這樣。明明別理他，裝作沒聽見就好了。你也真是的，如果早點告訴我，我就會好好跟拓兒說了。孩子是我生的，孩子的爸是誰，我最清楚。」

「是啊，對不起，妳不要激動。對方怎麼樣了？告訴我詳情。」

「聽說左臂被刺傷了。拓兒是要刺他的心臟。警方說如果沒有閃開，傷勢一定更嚴重，我也這麼想。不過拓兒真是太蠢了，他根本不可能殺人。以前人家笑他殺狗，他氣到刺傷人的那一次也是這樣。」

「他還沒有被抓是吧？」

「對，好像四處躲藏。明明無處可去。」

在小鋼珠店追殺對方的景象，還有在夜色中四處逃躲的拓兒，都歷歷在目地浮現腦海。

「警察說搞不好不只是傷害罪而已。那傢伙居然用白布把不鏽鋼菜刀纏在右手上去宰人呢。警察說雖然要等到釐清事實才知道，但搞不好會變成殺人未遂罪，所以叫我協助，說拓兒如果來投靠，就立刻通知警察，還說警方也是有人情味的。誰要他們可憐了？」

千夏說著說著，越急越怒，如此啐道。

「想把拓兒當成殺人犯抓走就抓啊！」千夏說：「而且你猜警察還說什麼？妳弟弟很為姊姊著想，這次的事，好像也是為了妳和妳女兒才做的。拓兒是白痴，警察也是智障！」

「媽呢？」

「當然，警察第一個先去找媽，然後才過來這裡。」

「媽一定急死了吧。」

「我剛才打電話過去了。媽在哭。」

「今晚帶小直過去陪媽怎麼樣？」

「明天一早再過去。小直很害怕，一直問舅舅怎麼了，遲遲不肯睡覺。」

達夫拿起話筒打到松本家。松本立刻接電話，問：

「是你啊！怎麼了？」

「拓兒去了你那裡嗎？」

「沒有。」

「有打電話給你嗎？」

「也沒有。出了什麼事嗎？」

「明天你有時間嗎？」

「中午以後的話。」

「我下午一點過去找你。」

「好。如果拓兒打來，要怎麼做？」

「可以問他在哪裡，然後通知我嗎？幾點都可以，我今晚都醒著，他去找你的話也一樣。拜託了。」

「好。詳細情況，你明天再告訴我。」

達夫放下話筒。他一想到拓兒在夜裡無助地四處徘徊的模樣，就心痛如絞。他考慮是否該開著車子整晚去找？總之得先冷靜下來。達夫想了很多，但完全不知道拓兒可能會去哪裡。這裡沒有通宵營業的電影院，頂多只有三溫暖，但又覺得拓兒會避開人多的地方。他們想得到的地點，警察應該也都派人過去了。還是不要隨便行動比較好。這一帶應該也撒下了天羅地網。雖然可以先搭渡輪去礦山，但碼頭的警戒最為嚴密。

「你要不要喝點啤酒？稍微冷靜一下。我也想喝。」

「好。」

千夏從冰箱拿來啤酒。「想也沒用，反正一定會被抓。」她打開瓶蓋，憤憤地說。

「我今晚不睡了，天亮以後出去找找看。」

「你知道他會去哪裡嗎？」

「不知道，但還是找找看。」

「拜託你了。我會去媽那裡。真對不起。」

「妳睡一下吧。」

「嗯、嗯。」千夏點點頭，然後喃喃地說：「那個笨蛋，如果要斤斤計較以前的事，豈不是沒完沒了？他怎麼就是不明白？」

結果達夫直到早上都沒睡。兩人沒說什麼話，喝完第二瓶啤酒時，千夏無力地笑道：「一看到你的臉，我忽然整個人放鬆下來了。剛才哄小直睡覺時，我以為是拓兒來了，結果聽到是你的聲音，一下子虛脫了。我很想立刻下來，可是小直才剛睡著……」她毫無脈絡地說著。「妳明天還要去媽那裡，早點去睡比較好。」達夫勸道。「如果拓兒或是警察聯絡，你要馬上叫我喔。」千夏再三叮嚀，才去上二樓。達夫一個人喝酒，思考卻散漫無章。先前的偷歡都已拋到腦後，也提不起勁聽唱片。家裡的啤酒喝完了，他走去海岸道路酒行外面的自動販賣機。海潮聲在夜晚的深淵，聽起來像地鳴轟響。他以為警察會躲在某處，卻沒看見人影。他在自動販賣機買了三瓶啤酒，聆聽背後傳來的海浪聲。他覺得拓兒就藏身在那聲音裡。對了，明天早上就先去海邊找吧。他這麼決定，轉身返回公寓。

達夫趴在餐桌上睡了一、兩個小時，但別說松本了，連拓兒都沒有任何消息。天色開始亮起的時候，達夫離開公寓去海邊。沒有人尾隨。頭痛欲裂。空氣寒冷刺骨，拖鞋踩出乾燥的啪噠聲。走上防波堤。海風迎面吹來，風冷到令人忍不住打顫。夏季還遠得很。從防波堤看出去，只看得到幾艘小舟和遠方的消波塊，以及海鷗群聚在似乎尚未完全清醒的沙灘上。達夫走下連接沙灘的混凝土坡道。在夜裡漲潮的大海徐徐地退向外海。還未成長完全便斷裂的漂流昆布、石頭、貝殼、大大小小的漂流木沖到岸上。再一、兩個小時，它們才會在朝陽底下散發個別不同色彩的光輝。達夫朝著沉睡般的海鷗群走去，牠們突然喧嚷起來，同時飛向才剛亮起的海面。達夫茫然地看著牠們。海鷗群畫出大大的圓，降落在海面，隨著海浪起起伏伏。有塊格外巨大的漂流木，光滑溼亮，彷彿才剛被剝下樹皮。達夫停下腳步，想起昨晚去自動販賣機時聽到的海浪聲，以及覺得拓兒藏身在裡頭的預感。他四下張望，還是沒有人影。沿著海邊繼續走，就會走到拓兒的鐵皮屋。春天到秋天，拓兒都在那一帶撿拾漂流木。消波塊雜亂地插在沙地，有幾艘漁夫的小舟。這麼一想，拓兒就是在這裡向達夫坦承他第一次打傷昨晚的男人。

達夫毫不猶豫地朝那裡走去。防波堤與海浪之間，有些地方極端狹窄。穿過那裡的時候，腳踝以下都泡進水裡了。穿出消波塊後，又是一塊沙灘。兩艘小舟被鋼索拖上通往防波堤的混凝土坡面。

天完全亮了。

達夫爬上坡面，探頭看小舟裡面。不出所料，拓兒蜷著身體睡得正香。整個人赤手空拳，毫無防備，鼾聲大作，彷彿什麼事都不曾發生過。活在這處海灘，也回到這處海灘。這樣的預感成真，令達夫差點要惱怒起來。他靠在小舟上，慢慢地抽了一根菸。他想到自己和松本的前妻在半山腰的車子裡時，這傢伙正一路走到這裡來。他用拖鞋踩熄菸蒂，搖晃拓兒做粗活鍛鍊出來的肩膀。起初拓兒發出呻吟般的聲音，接著微微睜眼。「嗨。」達夫說。拓兒撐起上半身，揉揉眼睛。圓領長袖衫的胸口有許多泛黑的噴濺血跡。

「好好睡過一覺了嗎？」

「嗯。有菸嗎？」

達夫從褲袋裡掏出菸遞過去，點了打火機。拓兒臉湊上來接火，問：「你都知道了吧？」

「大概。」

「害你們以後沒臉見人了。」

「那不重要。倒是你接下來要怎麼辦？」

「去自首，反正也跑不掉。」

「都那樣再三交代你別理他了。」

拓兒用拇指和食指挾著菸，低低地垂下頭去，就像要窺看自己的褲襠，然後他抬起頭來，叫了達夫的名字。

「小直是千夏跟你的孩子吧？」

「廢話。千夏氣死了，說孩子是她生的，她還不知道父親是誰嗎？」

「這樣啊，說的也是呢。昨晚我又碰上那傢伙，他帶著兩三個同夥，氣焰就囂張起來了，又提起千夏和小直的事。他的同夥也一起笑，那個時候我是吞下去了。」

拓兒悶燒的怒火逐漸蔓延。

「我回家喝酒，喝著喝著，就愈來愈嚥不下這口氣了。」

「好了。」

「所以我殺了他。」

「你喝了很多嗎？」

「是啊。」

「你沒殺他，只刺到左臂而已。」

「騙人，其他店員急忙架住我，但我把他們踹開跑掉了。我真的刺死他了。」

「沒有，拓兒，你刺到的是手。我不曉得你把他傷得有多重，但你沒殺他。」

拓兒朝船底啐了一口唾沫，罵了聲「失手了」，看向達夫。「還好你失手了。」

達夫說。

「別嫌我囉嗦，小直……」

「你不相信自己的姊姊嗎？小直是你的外甥女啊。」

「就是說呢。」

「要先去找你媽嗎？」

「我不想看她哭。姊和小直也別見好了。」拓兒把菸蒂彈到沙地上。達夫想，我們好像在閒話家常。拓兒不說話，沉思著什麼，然後說道：

「這下也沒法去礦山了呢。」

「總有機會的。」

「要是這樣就好了。達夫，我好想跟你一起去。我好想在大太陽底下做我自己，盡情地幹活。」

達夫點點頭。這傢伙毀了自己的希望，掬起來的水，全都從指間漏光了。這麼一想，達夫忍不住要咬牙切齒。

「我想拜託你一件事。」拓兒支吾其詞。

「什麼事？」

「這下媽就只剩一個人了。我想請你照顧媽。」

「這還用說嗎？那，那間鐵皮屋也可以搬出去了吧？不能把媽一個人留在那裡，你懂嗎？」達夫回道。「嗯。」拓兒點點頭。

「一直坐在這裡也不是辦法，差不多該走了。」

拓兒站了起來，兩人肩並肩走上防波堤，達夫目送他到河口。從那裡往鬧區走上三百公尺，有一間派出所。「以前我擺攤的時候，有個警官關照過我，我要去跟他投案。」拓兒一臉看開地說。「你不用擔心媽，照顧好自己就行了。」達夫說。

「對不起。希望你們可以挖到很棒的水晶。」

「菸帶著吧。」

達夫把菸和打火機一起塞進拓兒的燈籠褲褲袋裡，後悔著早知如此就帶錢來了。

兩人在河口道別。

回到公寓，千夏和小直都起來了。小直一臉童稚地問：「舅舅呢？」達夫窮於回答。千夏說「電視要播嗶波奇奇嘍！」，順手推推小直的背，把她趕到電視機前。小直打開電視。「報紙地方版已經登出拓兒的事了，對方受了一個月才能痊癒的傷。」「沒有嗶波奇奇！」小直嗚咽欲哭。「很快就要播了，乖乖等。」千夏厲聲對小直說。

達夫沒看報，也提不起那個勁。刑期會是多久？他毫無頭緒。三年嗎？四年？也許更久。

「我找到拓兒了。他說他在海邊過了一晚。」

「然後呢？他怎麼了？」

千夏張大眼睛，聲音哽住了。

「他說他要直接去派出所投案，我送他到河口。」

「你該不會把拓兒出賣給警察了吧？」

「妳在說什麼？」

「我要和警察對抗到底。你絕對不可能懂我們的心情！」

「別這樣，是他自己決定這麼做的。他把媽託付給我們了。」

彼此的語氣都激動了起來。小直嚇到了，離開電視抱住千夏的腳，怯怯地仰望達夫，就像在看他的臉色，嘴唇緊緊地咬著。嗶波奇奇開始播了，但她看也不看，全身緊繃，像是在強忍著不哭出來。達夫很想安慰她一、兩句。小直是他的親女兒，他卻說不出話來。「才一個月的傷。」千夏不甘心地壓低聲音說，「他本來要刺死對方的，卻只讓對方受了一個月的傷，居然因為這樣，就要坐上好幾年的牢！」

「小直還在這裡，別說了。先通知媽吧。」

也許是吹到清早的海風，達夫昨晚開始的失眠和拖沓疲勞引發的頭痛都已消失無蹤，也不覺得餓或渴。他想休息一下。他和松本約好一點見面，在那之前先睡上一覺吧。達夫走上二樓。拓兒已經在接受偵訊了吧。他沒有換下衣服，直接鑽進還留有小直餘溫的被窩裡。不只是被子，感覺整個房間都充滿了小直的體味，籠罩了他。

一閉上眼睛，他立刻落入沉眠，連夢都沒做。

「松本打電話來。」千夏叫醒達夫。才十點多，只睡了兩個小時，但他覺得像是睡了一整天。達夫下樓，小直在打開的玄關口，又在唱那首米奇的歌自得其樂。陽光細微地照入，在小直身上投射出一條斜斜的光帶。達夫拿起話筒前，先問：「妳去過媽那裡了嗎？」千夏說：「等一下要去。」

達夫拿起話筒：「昨晚真不好意思。」「我看到報紙了。雖然不知道原因是什麼，不過你們一定很著急。」松本在電話另一頭冷靜地說。達夫忽然想起昨晚在夜景美麗的半山腰，與女人間匆忙的行為。

「你小舅子沒有聯絡，但我很擔心，所以打給你。」松本接著說。「這件事剛才已經全部解決了。」達夫說，聆聽小直唱著「米奇、米奇，就是米奇」。兩人陷入一小段沉默。

「要不要去賽馬場散散心？」松本提議。

這麼說來，達夫已經好幾個月沒看到純種馬，也完全忘記今天是星期六。賽馬場的草地應該已經長得差不多。

「怎麼樣？拓兒的事，也有必要討論一下吧。」

「好，我去。我想轉換一下心情。」

「下午第一場比賽前碰個面吧。賠率板右邊。那邊人比較少。」

「好。」

達夫放下電話。千夏對小直說：「走，我們去奶奶家。」小直在斜射的光帶中發出歡呼。「爸爸呢？」她問。

「你要出門吧？」千夏看達夫。

「我去一下賽馬場。」

「這種日子去賭馬？」

「沒錯，就因為是這種日子。」達夫說。

「說的也是。你去吧。」

「嗯。我送妳去媽家。」

距離下午第一場比賽還有些時間。無所謂。他想要翻閱馬報，一個人先打發兩場比賽的時間，最好可以全神貫注在賭注上。除此之外，什麼都不願意多想。

等松本來之前的兩場比賽都落空了，達夫不覺得損失。最後的直線跑道只有一化朗[2]寬，領先的馬占了絕對優勢。草地美不勝收，馬兒都竭盡全力，鬃毛閃耀奪目，令人看著心曠神怡。

達夫在約好的時間見到了松本。兩人都不提拓兒，光聊馬經。松本說：「去看台看吧。」兩人走上階梯。因為是星期六，觀眾較少。從看台可以看到突出海峽的山，海面也進入視野當中，大海彷彿正逐漸升上天空。景色平凡無奇。松本的賭法是將損失控制在最小，猶豫的賽局就不買。達夫連賭連敗。比賽的勝負差距大到甚至無需動用照相判定。松本問他是不是心神不寧？達夫應道：「怎麼會？平常不是這樣的。」甚至不必動用照相判定，證明了起碼他並非徹底被運氣拋棄。在照相判定中以一鼻之差落敗，那才叫真正的走霉運。但輸了就是輸了，沒有運氣好壞可言。這更糟糕。辯解只會讓自己顯得更難看。松本看不下去，邀說：「休息一下吧。要不要去喝個生啤酒？」

「我不用了。今天不想喝。」

兩人走下看台，踩過散亂一地的賽馬券，前往餐廳。兩人坐在戶外，松本喝生啤酒，達夫喝柳橙汁，這時才聊到拓兒的事。達夫簡短地說明今早他去海邊，找到在小舟裡睡覺的拓兒，還有現在不知道刑期會是多長，而拓兒一心想去挖水晶。松本沒有插話，只是「嗯、嗯」地聆聽，也沒有追問來龍去脈。達夫沒有更多可說的

---

2 化朗（furlong）是英制長度單位，常用於賽馬上，一化朗約兩百公尺。

了。喝完啤酒後，兩人又回到看台。只剩下一場比賽。走上階梯的途中，松本問：

「你會去看他吧？」

「當然。」

「替我轉告他，我會等他。我會遵守約定。」

「他聽了一定會很高興。」

最後一場比賽結束了，終究沒有任何一場贏錢。兩人繞過長長的回廊，走向後門的停車場。停車場入口處擠著幾名蒙著頭臉的女人，在販賣明天的馬報。經過的時候，女人們強力推銷，但兩人都沒有買，她們立刻把目標轉向後面的人。達夫的車停在出口附近，松本的車在裡面，相隔很遠。

兩人停在達夫的車子前。

「按照預定的時間出發。」松本說。

達夫點點頭，正要上車，又打消了念頭。他望向站在背後的松本，有些猶豫是否要問。他看向松本墨鏡底下失明的眼睛，下定決心開口：

「為什麼離婚了？」

「還以為你要問什麼……」

松本沉默著，就像在揣摩達夫的用意，低吟著點了點頭。也許他察覺達夫與前妻的事了，也許並非如此。達夫覺得都無所謂。

「我被爆炸毀掉的，不只有眼睛而已。」

「什麼意思？」

「很簡單啊。換句話說，怎麼說呢，我沒辦法取悅女人了。躺在醫院病床上那七個月的時間裡。你懂吧？」

松本面露笑容，故意用猥瑣的語氣訴說，彷彿在談論別人的事。

「抱歉問了無聊的事。」達夫說。

「喂喂喂，別這樣。」

松本搭住達夫的肩。「不過很好玩，對吧？看看我，身體壯成這樣，下半身卻……」他說：「你也說點什麼啊！」

松本似乎希望別人把它當成好笑的話題。達夫急忙思索，好不容易才開口：

「原來如此，真令人同情。」

「你信了？」

達夫看向松本，說：「這玩笑太惡劣了。要唬人也該說點更好笑的。」「你就是這麼正經，才會連一局都贏不了。」松本輕聲笑了起來。

「聽著，要說理由，花上一整天都講不完。別人的事，不都是這樣嗎？我們很年輕，經歷過許多，嗨的一聲結了婚，掰的一聲分手了。只是這樣而已。」

「好了，夠了。」達夫說。

「對，是已經夠了。所以，我可以天天跟她一起游泳，我們只是想要做自己喜歡的事。」

「我知道了。」

「但也有人真的變得像我說的那樣。」

「我會小心。」

「務必這麼做，別看輕這工作。你還有千夏和可愛的女兒，還有拓兒。」

松本放開達夫的肩膀。「下回挑個心情更暢快的日子一起來賽馬場吧。」臨別之際松本說。

*

達夫仰躺在沙灘上。已經七月了，但陽光微弱，沙子和風也很乾燥。偶爾響起海鷗啼叫聲，與小直在水邊歡鬧的聲音混合在一起。

距離出發還有四天。一想到日子近了，便感覺時間過得慢極了。

今天千夏去拘留所和拓兒會面，應該早就結束了。她大概直接去了母親那裡，也許現在正耐性十足地說服母親搬來一起住。拓兒出事以後，岳母變得更加頑固。他們原本以為會是相反。就算告訴她，拓兒把她託付給他們也沒用，岳母堅持「我要留在這裡等那孩子回來」，還說「我不想再繼續打攪你們的生活」。

達夫想起拓兒。那個早晨，發現在小舟裡昏睡的他時，拓兒的態度看起來毋寧是豁達的，就好像在說坐個幾年牢不算什麼。

三天前去見面時也是如此。他看起來健康又快活。達夫轉達松本說會等他出獄，拓兒聽到便笑得天真無邪。達夫又說他去賭賽馬，輸到脫褲，拓兒哈哈大笑，讓達夫覺得兩人就好像在街角偶遇，正在站著閒聊。道別的時候，達夫問拓兒有沒有什麼想要的東西，他說：「嗯，可以給我一張小直的照片嗎？其他什麼都不用。」兩人沒有提到岳母。千夏今天應該會把小直的照片和內衣褲連同一點錢送去給他。他出獄的時候，小直可能已經讀幼稚園或小學了。刑期這種東西，就隨想判的人怎麼判吧。反正都是一眨眼的事。

達夫也稍微想起變成一串編號，沉眠在墳墓底下的父親。他在我這個年紀，都在想些什麼呢？彷彿明白，又像不明白。他覺得不是因為當時他還是個孩子，也不是因為父親是個寡默的男人。這令他覺得既難耐又氣憤。他沒有想到松本或女人，也沒去游泳池。妹妹應該過得儉樸而順利，連電話錢也要省下，和工作平順的丈夫恩恩愛愛地過日子。她應該會這麼努力。

浪頭打上來破碎的聲音，接著是小直一陣格外高亢的歡呼，跟千夏的聲音很像。陽光過度柔和了。在這個城市，還要許久之後，才會迎來陽光灼烤皮膚的季節。小直扯開嗓子呼喚達夫。達夫撐起上半身看海邊。「有奇怪的鳥！」小直指著海面叫道。達夫以手遮擋陽光，瞇眼細看。是暗綠背鸕鶿。今年第一次看到。是沒有被養鸕鶿的人家抓去，平安歸來的一隻。如果被抓住，應該就會被馴養，在某處的河邊變成供遊客觀看的玩物。鸕鶿悠哉漂流似地北上。再過去有幾十隻海鷗浮在海面，翅膀在太陽下閃閃發亮。接下來鸕鶿應該會愈來愈多。一陣笑聲自然地衝口而出，他覺得已經好久沒這樣笑了。「爸爸好奇怪。」小直噘起嘴唇說。

達夫再次在沙漠上躺下。他面對著即將迎接真正夏季的太陽，卸下一切防備，哼起小直最愛的歌曲：「誰是我們俱樂部的隊長？米奇、米奇，就是米奇。」各種聲音熱鬧交錯，充滿了身體，他想要這四天就這樣度過。拓兒、松本、他的前妻、千夏和岳母、在丈夫調任地點的妹妹、死去的父母，感覺都近在身邊。不知道千夏的母親會不會答應搬過來。她一定會堅持繼續住在鐵皮屋，就連市政府土木課和觀光課都沒辦法拆除它。達夫找到在小舟裡睡覺的小舅子時，說「鐵皮屋也可以搬出去了吧」，拓兒曾點了點頭。但他忘了一件事，拓兒和岳母不一樣。如果岳母無論如何都要堅持，那也沒關係。但是海邊的小直，與身在此處的達夫之間的距離裡，確實有著他們每個人的身影。

日本暢銷小說 92

陽光只在那裡燦爛

國家圖書館出版品預行編目(CIP)資料

陽光只在那裡燦爛／佐藤泰志作；王華懋譯. -- 初版. -- 臺北市：麥田出版：家庭傳媒城邦分公司發行, 2019.02
面； 公分. --（日本暢銷小說；92）
譯自：そこのみにて光輝く
ISBN 978-986-344-621-7（平裝）

861.57 107022765

城邦讀書花園
www.cite.com.tw

ISBN 978-986-344-621-7
Printed in Taiwan.

作者｜佐藤泰志
譯者｜王華懋
封面設計｜蕭旭芳
責任編輯｜陳定良

國際版權｜吳玲緯　蔡傳宜
行銷｜艾青荷　蘇莞婷　黃家瑜
業務｜李再星　陳紫晴　陳美燕　馮逸華
副總編輯｜巫維珍
編輯總監｜劉麗真
總經理｜陳逸瑛
發行人｜凃玉雲
出版｜麥田出版
10483台北市民生東路二段141號5樓
電話：(02) 2500-7696
傳真：(02) 2500-1967
部落格：http://ryefield.pixnet.net
發行｜英屬蓋曼群島商家庭傳媒股份有限公司
城邦分公司
地址：10483台北市民生東路二段141號11樓
網址：http://www.cite.com.tw
客服專線：(02) 2500-7718｜2500-7719
24小時傳真專線：(02) 2500-1990｜2500-1991
服務時間：週一至週五09:30-12:00｜13:30-17:00
劃撥帳號：19863813　戶名：書虫股份有限公司
讀者服務信箱：service@readingclub.com.tw
香港發行所｜城邦（香港）出版集團有限公司
地址：香港灣仔駱克道193號東超商業中心1/F
電話：+852-2508-6231
傳真：+852-2578-9337
馬新發行所｜城邦（馬新）出版集團
【Cite (M) Sdn. Bhd.】
地址：41-3, Jalan Radin Anum, Bandar Baru Sri Petaling, 57000 Kuala Lumpur, Malaysia.
電話：+6(03) 9056 3833
傳真：+6(03) 9057 6622
讀者服務信箱：services@cite.my
印刷｜前進彩藝股份有限公司
初版一刷｜2019年2月
定價｜320元